午前8時のメッセージ ⑲話

～意味ある人をつくるために～

静新新書
030

まえがき―「意味ある人」の意味

題名を「午前8時のメッセージ」とした理由は二つあります。第一は、この本の内容が平成十二年四月二日から十三年三月十一日まで、毎週日曜日の朝、午前八時から十五分間放送している番組をまとめたものなのです。つまり、午前八時から始まる「教育」に関するメッセージだから「午前八時」にしました。「教育論」とせずに「メッセージ」としたのは一人の人間が特定の系をつけて話す内容ではなく、「こうだろうか」「ああだろうか」と考え方の例を挙げて、最後に「私はこう思いますが、皆さんはいかがですか」と問いかけているからです。ま、言ってみれば「お茶の間のおしゃべり」ですかね。静岡県の「人づくり百年の計委員会」の会長をお引き受けして、十七人の専門委員のお知恵を拝借して出発致しますと、やはり「人づくり」というからには、人をつくる三つの教育空間（家庭教育・学校教育・社会教育）の中で考えてみなければならない、そういう立場をとると、皆さんにワイワイガヤガヤやっていただいた方がよろしいわけです。その〝うわ澄み〟にあたるところを私なりに掬いとって、それに私の読書経験や人生経験をちょっぴり加味させていただいて、「メッセージ」に致しました。お読みになればおわかりになると思いますが、「家庭論」「父母論」「親子論」に少し比重がかかっていると思います。じつは放送は平成十四年の春まで続きますので、この本の続編で「学校編」「社会編」を取り上げようと思うのです。いや、教育は生まれ落ちてから死ぬまでの事、つまり人生そのものですから、本書も「人生論」の背骨は貫きとおしたいと思います。

端的に言えば、私は「人づくり」の中でいちばん大切なことは「自己教育」だと思っています。たとえば、私自身が「体育」をやってきました。青少年時代は水泳・柔道・剣道です。中年になってからはウォーキングです。一カ月百キロ（隔日ですから一日に六・五キロ）、一分間に百五メートルの速度で歩き続けました。世界中の都市の公園や河の畔や裏道を歩いてきました。その結果、運動筋がしっかりと発達しましたし、ニューヨークも北京もシドニーも、その国の人たちも知らない裏町を知ることができました。最近は西式健康法の渡辺正《しょう》医博にすすめられて、冷水と温水とを交互に一分間ずつ浴びる冷温療法（毎朝、冷温の順序で七分間）を続け、一日中、身体の中をさわやかな風が吹きぬける思いをしております。

身体も自分でつくるものなら学歴も自分でつくるものだと思う。今日、日本でいわれている「学歴」は「学校歴」のことです。小学校から大学院まで全課程を履歴してもせいぜい十数年でしょう。人生は、いま、八十年ですよ。「学校歴」と「学歴」はわけて考えるべきです。

「学歴」とは読んで字の如く「学びの歴史」です。生まれ落ちてから棺桶の蓋を閉じるまで、どんな人とめぐりあったか、どんな言葉が心に残ったか、何度、口惜し涙を流したか、何度、恥ずかしい思いをしたか、音楽や絵画や文学や離別や夕焼けや潮騒にどれほど心を揺るがされたか、みんな「学歴」です。読書もそうです。一日二十七頁、毎日、一日も欠かさずコツコツ読んでゆけば、三年間で、三百頁の本を百冊も読んだことになります。釈迦もキリストも老子もゲーテもプルーストも佐藤一齋もミヒャエル・エンデも、みなさん、あなたの部屋に来て、思想や悩みや希望を話してくれます。大学や大学院を卒業して、職業に必要な知識を身につけることで終わってしまえば、その人の「学歴」はそこまでです。

この本の題名に「午前8時」をこだわった第二の理由は、人生いつでも午前八時のときのように、清清《すがすが》しく活々《いきいき》として、前向きでありたいと願うからです。じつは、「午前八時」を最初に社会に向かって呼びかけたのは、明治の大事業家で政治家でもあった後藤新平氏です。彼は、人材を発見し、その能力を発揮させる名人でしたが、いつも口にすることは「午前八時の男よ、来たれ」でした。

いまの日本、人間に元気がないように思えてならないのです。バブル景気というユーフォリア（桃源郷）が夢と消えて、そのあと立ち直りに手間取っているのですから無理はないかも知れません。しかし、人間にはそれぞれ「福分」というものがあります。手先が器用であったり、調整力があったり、人よりいち早く結果が読めるとかイメージが描けるとか、絶対音の把握ができる、味覚なり嗅覚が発達している等々です。大工さんには大工さんの「福分」、一本釣りの漁師さんにも樹木の声を聞く樹木医さんにも「福分」がある。その「福分」で仕事をし、周囲の人から「うん、さすがだな」と賞賛されたとき、彼は「午前八時の男」のすがすがしさを味わうのです。この日本という国は、室町時代の頃から、人間の持つ「福分」について相互評価ができた国であったのです。

辛い時代です。つい、うつむき加減になるのも無理はありません。だからこそ、人間の持つ「福分」を認め合い、評価しあってはどうですか。子どもの持つ「福分」を発見し、伸ばし、社会性を持たせることに、家庭も学校も社会も一斉に手をのばしませんか。

そうすることで、「意味ある人」ができるのです。自分の考えを持ち、他人に思いやりがあり、自分の福分を生ききる――これが意味ある人の内容です。私が私自身を材料にして提案した「体づくり」も「読書法」も、誰にでも出来ることです。意志が弱くてサボったら、「こら、しっかりしろ」と、自分の頭を叩けばすむことです。明日は、必ず、午前八時がくるのですから。

『午前8時のメッセージ』まえがきより抜粋

※本編は既刊本『午前8時のメッセージ』と『続午前8時のメッセージ』の中から99話を選出し、再編集したものです。

目　次

1　子どもの可能性を開く

何よりも大切な朝ご飯

昨日は雛祭りでした。昔から「お雛祭りのお祝いをした翌日にお雛様を片付けないと、その家の娘さんがお嫁に行き遅れる」という教訓がありましたね。迷信ですが、「整理」ということ、「後始末をしましょう」ということを教えたんだろうと思います。

時々、心ない若者から「長生きして何かいいことがありますか?」と聞かれることがあるんですよ。いいことがあるんです。七十年も生きていますと、大切な話は何回も聞いていることに気付きます。「大切な事柄は時間を超越しているんだ」ということが分かるんですね。

例えば、「お母さんが朝ご飯を子どもにきちんと食べさせることは、子どもの教育の半分以上に大切なものだ」という話があります。私はこの話を、三十年前に、神戸にある灘高等学校の校長先生から聞きました。灘高といえば、当時、二百人余りの三年生の約半数が東大にストレートで入っていた有数の進学校です。その校長先生に、「生徒さんが浪人もせずにスラスラと、しかもひねくれた子どもも出ないで東大に合格しますね。秘訣は何ですか」と聞いたら、「一つは『精力善用』。体が持っているエネルギーを無駄遣いしないようにするということ。もう一つは、朝、学校へ来る前に、お母さんの作った朝ご飯をきちんと食べて来ること。この二つですよ」と言われたんですよ。「簡単なことですね」と言ったら、「簡単なことがなかなかできないのが現代ではありませんか、草柳さん」と言われてしまった。

十数年ほど経って、山形県の小国町で、キリスト教信者で人格者のご夫婦が、基督《キリスト》教独立学園高等学校という全寮制の高校を主宰していらっしゃるのを取材しました。「先生、この学校で一番大切なことは何ですか？」と聞いたら、「朝、家内が作る朝ご飯です。おいしいご飯を作ってあげれば、生徒たちが残さず全部食べる。そこから生徒たちの学習のエネルギーが出るんですよ」と言われたんですね。「やっぱり、母親、あるいは朝ご飯を作ってくれる人が、心を込めたご飯を作ってくれることが教育の中心なんだな」と思ったんです。

それから二、三年後、お医者さんを相手にした連載を六年間やったことがあります。月刊誌でしたから、六年間で七十二人のお医者さんに会いました。その中の三人が同じことをおっしゃいました。「朝ご飯をきちんと食べる」と。三十分すると消化して、体温が上がり血流が良くなる。大脳に血液が全部集まって、ちょうど家で朝ご飯を食べて学校に行って、第一時限の時間が始まるのが三、四十分後。集中して授業を聞けるのが午前中なんですね。胃袋は体の中で一番遅く目が覚めるそうです。大脳が目覚めてから三十分必要です。ですから、三十分前に起きて、顔を洗い、部屋を整とんして、庭を掃いてといったことを済ませると大体ご飯時になる。ご飯を食べて学校へ行くと、大脳に血液が集まる最高の状態で教室に座れるから、先生のおっしゃることが全部受け取れるということなんですね。

しっかり食べた体が「頭」もつくる

教育関係者の間で「七五三」という皮肉な言い回しがあります。先生の言っていることが分かる生徒が小学校で七割、中学校で五割、高校になると三割に減るというわけなんです。しかし、七割が分かるというのは大変な成果でして、朝ご飯と大いに関係があるんですよ。最近の『文藝春秋』に、兵庫県の朝来郡の山口小学校の取り組みが紹介されていました。人口三千人の町なので予備校や学習塾が一軒もない。一軒もない町の小学校の出身者が、国公立の医学部や理学部にスイスイ入るんです。「どうしてだろう?」という疑問に、その小学校の陰山英男先生が『文藝春秋』に答えていらっしゃるんですね。

先生ご自身が工夫を凝らした手作りの教材で教えるということもありますが、その前に子どもたち全員がお母さんの手作りの朝ご飯を食べて登校するという前提があるのだそうです。「朝ご飯を食べさせる運動の会」という全国組織のボランティアが山口小学校を訪ねて、「朝ご飯を食べた人は手を挙げて」と言ったら、生徒全員が手を挙げたそうです。次に「お母さんがどんなものを食べさせているのか知りたいから、朝ご飯のメニューを持って来て」と頼んで、そのメニューを栄養士さんを交えて検討したら完璧な朝ご飯だったというんです。もちろんご馳走ではなく、ご飯と味噌汁と魚の干物と焼き海苔とか大根おろしといった献立です。それを食べて、体が温まったところで授業を聞くんですね。

授業の工夫はといえば、「百升《ます》計算」という課題があります。縦軸と横軸を十本引くと百の升ができます。その升に、例えば縦軸は五、横軸は三といった任意の数字を入れて、競争で縦軸と横軸の升の数字を足し算させるんですね。最も時間のかかった子は、百升を埋めるのに九分十一秒かかったんですって。「よくできたね。でも、惜しいね。もう一回やってみよう」と何回も何回もやらせて、三カ月後に三分十八秒でできるようになったそうです。

ここから何がお分かりですか？　基礎教育というのは「強制」と「反復」がなければ身に付かないんですね。そして「強制」と「反復」に耐えるためには、ご飯をしっかり食べた健康な体と血流が充分に回っている頭脳が必要だということなんです。

なぜ教育に家庭が必要かというと、あいさつや躾《しつけ》も大事ですが、「子どもの体づくり」が同時に「子どもの頭づくり」であるからなんです。「人づくりで一番大切なことは何ですか？」と聞かれたら、これからは「お母さんの朝ご飯です」と答えようと思っています。ギリギリまで寝かせておいて、コーヒー一杯ですっ飛んで行って授業を聞いても、頭の方が受け止める状態になっていません。教育という言葉は、「教える」と「育てる」という字からできています。「教える」の方は、学校がそこそこにやっています。しかし「育てる」の方はいかがでしょうか。家庭で、その基本がないがしろにされてはいないかと、つくづく感じるんです。

平常心を持って子どもの変化に対応する

人間には出会いがあります。

躍り上がりたいほどうれしい言葉の一行が見つかったり、今まで聴いたことがないような素敵な音楽のフレーズに出会ったりすると、そのたびに喜びで心が満たされます。そうかと思うと肉親と生別したり、仲の良かった友達と別れたり、あるいは子どもの学校の成績がどんどん下がってきたとき、どうしても重苦しい気持ちになりますね。そうした時に、自分を失わずにその状況に対応できるでしょうか。これはとても難しいことです。本当に老師さまや禅師さまと言われる人にして初めてできることですね。

ただね、座禅を続けていると、「何が起こっても平然としているよ」と、変化に対してまったく心が動かないのは間違いのようです。

やはり、子どもの学力が落ちてきたときには、一緒になって心配してあげながら、「どうしたらいいんだ」と冷静に考えることが大切だと思うんですね。

学力を上げるということもありますが、もう一つは、その子どもの特性をよくとらえ、プラスに変える工夫をすること。ある課目の学力は落ちても他の学力は上がっているとする。そうすると「この子に向いているのは国語のような表現能力ではないか」、あるいは「算数のような計算能力ではないか」「物理のような推理能力ではないか」と、お父さんお母さんがそういうとらえ方をして、その子の特性を誉めながら引き出してやる。

学力の落ちた課目は「どうして落ちたんだろう、恐らく子どものことだから面白くないから落ちたんだろう。では、この子にとって面白い学問にするためにはどうしたらいいだろう」と考えてみる。一方的に叱るのではなく、子どもが楽しみながら学ぶ方法も探ってみるんですね。

「教育」の「エデュケーション」という言葉と「娯楽」の「エンターテイメント」という言葉を足して「エデュテイメント」という言葉ができています。「教育」プラス「娯楽」ですね。『ポケモン』が世界四十三カ国でベストセラーになったのは「エデュテイメント」、つまり楽しみながら覚えるという道具として最適だったということですね。

お父さんお母さんの立場になって考えてみますと、平常心を持ちながら、相手（子ども）の状況に巻き込まれないで、相手の状況に対応してどういう手を打っていくか、それをプラスに変えるにはどうするか、工夫し知恵を使うことが大切ではないか。そして、それを人生の仕事のひとつだと考えていただきたい。そのことを、老師や禅師ではなく、私たち凡人の「平常心」の話として皆さんにお伝えしたかったんです。

日の当たらない竹は密度が濃い

京都大学に木質科学研究所というのがあって、野村隆哉というちょっと変わった先生がいらっしゃいます。竹の専門知識では日本でナンバーワンの人ですね。

この野村先生が孟宗竹《もうそうちく》の研究をしていまして、一本の竹で、日が当たっている側と全く日が当たらない側のピースを取って、顕微鏡に載せ「ちょっと草柳さん、見てごらん」って言うんですよ。日が当たっている方の竹は、繊維がザクザクで一つひとつが太い。一方、日が当たらない竹は、繊維が細くてピシッと密度が濃いんですね。質量ともに日の当たらない竹の方が存在感がある。手の平にのせても重い。それで彼は「横笛を作る上で一番大切なのは、日の当たらない竹を見つけることなんですよ」と言うんですね。

笛にするような細い竹でも、笛作りの名人は手に持った感触で「こっち」と判断して、それが当たるんだそうです。日の当たらない部分だけで作った笛は、非常に高い澄んだ音が出るのに対して、日が当たった方はボコボコした音なのだと言います。

アメリカのスキナーという心理学者が百人を対象に実験をしました。最初の五十人をある部屋に入れて、「何々が食べたい」と言うとそれと同じような物が出る、「こういう映画が観たい」と言うとその映画が上映されるというふうに、万事願い通りの生活を大体三カ月間してもらった。で、残りの五十人は別の部屋に入れて、万事期待が裏切られるような、不都合であるような生活をしてもらったそうです。「お湯が飲みたい」と言うと「湯沸しがありませんから水で我慢してください」と言われ、「パンが食べたい」と言うと「パンがありませんから今日はお米にしてください」という生活を三カ月間してもらったんですね。実験の後、三カ月して、最初のグループの暮らしぶりを調べたら、ほとんどの人が昼も夜もうたた寝をしていた。怖いですね。苦労した人たちはどうだったかというと、連絡し合ってグループを作り、問題を相談して解決していた。例えば「ゴミ処理をどうしようか」「川の水の流れの感覚を知らない子どもが多い。体の知恵として持つには、どこの川へ連れていったらいいか」――など、次々に問題を提出し解決していくグループになったという話があります。

　人間も竹と同じと言うと少し語弊があるかもしれませんが、質量の高い、密度の高い人間になるためには、自分を否定してくれるような情報とぶつかり合うことが必要なのではないでしょうか。お互いに良い子良い子の毎日を過ごしていると、うたた寝の一生ということになるかもしれません。昔の人は「艱難《かんなん》爾《なんじ》を玉にす」と言っています。

スキナー・バラス・フレデリック（１９０４～１９９０）＝米国の心理学者。新行動主義の立場から体系化された心理学理論は'60～'70に広く受け入れられた。代表作は『科学と人間の行動』。

染井吉野に学ぶこと

桜にはどれくらい種類があるかご存じですか？　東京都の高尾にある『自然科学園』の『桜保有林』に二百五十種類の桜があるそうです。二百五十種類というと全部見られるものではありませんが……。何種類か見た中で私が一番好きなのは、京都で見た、川端康成先生も非常にお好きだった薄墨桜です。それは白い花びらで、うてなの所に付いている部分が少し薄い墨色をしているんですね。少しわびしい感じのする花です。

さて、今は染井吉野が全盛です。桜は、実が地面に落ちて芽を出して木になる実生《みしょう》でしか育たない植物ですが、染井吉野は東京・駒込の植木屋の職人さんたちが作った人工的な桜なのです。きれいな花なのでどんどん全国に広めていった。皆さん方が美しいと言って眺めている染井吉野は、流行の言葉で言えば、クローン桜なんですね。

人間が作った物だから手を加えないとすぐに枯れてしまう。しょっちゅう手を加えていなければならない過保護桜でもあります。しかも手を入れる目的が、美しい枝ぶりでたくさん花が咲くという人間の欲望やおごりによるものですから、桜の木は手を入れれば入れるほどだんだんと弱ってゆく。自然はちゃんとしっぺ返しをするわけなのです。

「桜の花が咲いたから春が来た」という喜びも分かりますが、お花見のドンチャン騒ぎに終わらせないで「私たちは美しい桜を作り過ぎたのではないか。これが本当の自然なのか」

という反省があってもよいのではないでしょうか。

例えば子どもの教育も、「素直な子どもをつくり過ぎたなぁ。待てよ、自分の子どもの時はもっと素直ではなかったなぁ。三つ四つくらいから自己主張があったし、自分のしたいことをして、それで怒られたら今度は隠れてした。それだけの自己表現があった。ところが、うちの子は『勉強しなさい』『はい』『寝なさい』『はい』と素直過ぎるのではないか」と反省してもよいのではないでしょうか。

親の欲望レベルで、ちょうど染井吉野を作るのと同じように子どももつくってしまっているのではないか、育ててしまっているのではないか。そうすると手を加えないとその子の状態が保たれないから、過保護がどんどんエスカレートしていってしまうという感じがするんですね。

親の言う通りに学校を出て会社に入った男が、三十五歳になって「お母さん、僕の青春を返して下さい」と言って、四千五百万円の返還を要求したという話があります。これは、手を加える動機になった物を手を加えた人が考え直す、それだけで問題は解決するのではないかと思います。この男性は、「手を加えられる」ことに耐えてきたのです。いわゆる〝いい子〟を演じてきたのです。わが子に花を無理矢理咲かせるより、自分が咲いてみせたらどうです。

ステージの上で子どもは花開く

人間とステージの関係について、お話ししたいと思います。ステージというのは「舞台」「立場」「自己表現の場所」とでもいいましょうか。愛媛県今治市の小学校五年生、村瀬ありささんの作文『オオタカのいる森』（「森林交付税促進連盟」募集作文の第一位）を読んで、「父や母、姉といった周囲の人たちが何かの立場を与えたとき、子どもの内側に秘められていた可能性がいっぺんに花開くんだな」と感じたからなんです。作文を紹介しましょう。


木が空と土の両方に根を張って生きていることを教えてくれたのは姉でした。

「ありさ、木ってどこから栄養を取っているのか知っとるで？　そりゃあね、土の中から取るやろ。いいや、空からも取っとるんよ。見てみ。あの木の枝の先に付いとる葉っぱの一枚一枚から、木は太陽のエネルギーをもらって生きとるんよ。ほやけんねぇ、木は地面と空の両方に根を張っとるって言えるんや」

私は考えました。それで聞きました。

「それじゃあね、土の中と空とどっちの根の方が大きいの？」

「同じよ。同じ大きさを持っとるんよ。木って本当にすごいやろ？」そして「木は空に向かって酸素を出して恩返しをし、地面の中ではいろんな生き物を養って地球に恩返しをしている」というのです。「空と土の根っこから栄養をもらっているばかりではなくて、ちゃんとお返しもしている」というのです。木に比べたら、人間はどんな恩返しを地球にしているのでしょう。

ありささんの部屋から、彼方の小さな山が一面の緑に見えます。今度はそこへお父さんが連れていってくれます。その山の中には天然記念物のオオタカがすんでいます。

「オオタカは何を食べとるんやろうか？」って聞くと、父は「森が養っている小さな動物を食べとるんよ」と教えてくれました。だから、森がなくなるとオオタカは生きられないのだそうです。「森はいろんな生き物たちを生かす世界なんだよ。オオタカが生きられるのも森の力のお陰なんだ。森の声を聞いてごらん」と父が言うので耳を澄ませると、風の音がゴォッと聞こえてきます。鳥の声も聞こえます。木が揺れる音も聞こえます。

「森の声はね、一つじゃないんだよ。いろんな声が混じってる。いろんな生き物が生きてるからね。生き物が多いってすごいことだね」

森は木があるから森なのではなく、他の生き物たちも生きていられるから森だったと、気が付いたありささんはその時から新しい成長をした。私は前に見た『風の谷のナウシカ』で虫たちが森を守っているという話を思い出しました。皆さんはどうですか。

「身体感覚」をみずみずしくする時間を

前回、周囲の大人や年長者がステージを与えることによって、子どもの可能性がいっぺんに開花するということをお話ししました。それとともに、「身体感覚」をいかにみずみずしく豊かに伸ばしていくかが人間の基本的なテーマなんだと、村瀬ありささんの作文で思い知らされました。

「森っていうのは木があるから森というだけじゃないんだ。生き物を生かしているのが森なんだ」といった認識を自分でつかまえるんですね。これを「身体感覚」といいます。体がつかまえるんですね。

人間が生きていくために一番基本的な感覚は「身体感覚」なんです。例えば、歩いているとなんとなく後ろから嫌な気配がする。振り向いてみるとすごい勢いで車が近寄って来る。だからパッと道をよける。こういう「身体感覚」、昔は「六感」なんて言いました。あるいは「統覚」と言った人もいます。感覚が一つにまとまってしまう状態ですね。

その一番基本的な「身体感覚」から、今の子どもたちは遠退いているのではないかと思います。自然と接したり、自然の営みを自分の目で見たり聞いたりする、それによって蓄積される「身体感覚」から、また、「身体感覚」を与えられる場面から、引き離されているのです。

しかも、学校で教えるのは「数字感覚」であり「文字感覚」です。子どもたちは、家庭と学校と塾という三角形の中を往復するだけの毎日で、「記号感覚」、つまり数字と文字の感覚をあおられ、あるいはＴＶやゲームなどの人工的に作られた「人工情報感覚」にどっぷりつかっているのが現状です。

私も静岡県で人づくりについてお手伝いをさせていただいております。考えてみるとこれは実におもしろく、大変意味があり、責任の重い仕事なんですね。なぜなら、子どもたちが言語であり数字である「記号感覚」に接している時間は長いのに、「身体感覚」を身に付ける時間は実に短いからです。

本当は、人づくりの基本というのは「身体感覚」というものをいかに引き出してあげるかなんですね。「身体感覚」のみずみずしい人間内容ができることによって、その主体の中に入ってくる数字や記号も、丸暗記でなく自分で納得しながらその記号情報を読み取るようになると思うんです。

皆さん方、お母さんもお父さんも、週に一回でも二回でも暇を見つけて、そして子どもたちも（あなた自身もです）「身体感覚」をみずみずしくする時間を一日の中でおつくりになってください。お願い致します。

子どもは外で遊んで、汗をかいて、バタンと眠る

五月はハイティーンの犯罪が目立ちました。「どうしてあの子が」と戸惑うことも多いのです。十代の子がキレる問題にいろいろな面から討議をされていますが、共通項のようなものはありません。にもかかわらず、現代の社会はせっかちで、「教育に問題がある」「家庭に問題がある」などと単純な犯人探しをする傾向があります。そうではなく、今回は「もう少し腰を落として落ち着いて考えてみよう」と提案したいと思います。

実は、静岡県が中心となって「人づくり百年の計委員会」をつくり、私もその会長として二年数ヵ月に渡って十七人の専門の先生たちと討議を交わし、話合いを進めながら一つの提案書を作りました。その会合の中で、日本体育大学大学院教授の正木健雄先生が「今の子どもも、ことにキレやすい子は大脳の前頭葉がよく発達していない」と衝撃的な指摘をされました。

前頭葉はおでこの真ん中くらいにある大脳の部分で、昔からカッとなる事を「頭に血が上る」と言います。その頭に上る血液をダムの水門のように調節できる器官なんですね。

正木先生らは大脳前頭葉の活動の強さの特性がどのように変化しているか十年ごとに調査してこられました。その研究を少し紹介しましょう。

普通の発達の順序は、幼児では「興奮」の働きも「抑制」の働きもともに強くありません

が、小学校に入ると「興奮」の働きが強くなって抑えのきかない子どもが多くなり、高学年になると「抑制」の働きも強くなって両者の働きのバランスが取れ、両者の切り換えもよくなるという「大人」型に発達していくのだそうです。

ところが近年は「興奮」の働きが強くなってくるのがとても遅くなっており、小学校高学年や中学校で最も多くなるというように発達の遅れがみられます。これまではほとんどみられなかったことですが、「興奮」より「抑制」の方が先に強くなる、という発達の歪みもみられます。いつまでたっても発達しないとか、逆戻りして幼稚化するといった発達の停滞もみられると報告されています。つまり、「抑制」も「興奮」も異常なのです。

正木先生は、この変化をくいとめるため、幼児から小学生の時期に、全身を使うような遊びを思い切りさせる熱中体験をいっぱいさせて「興奮」の強さを順調に発達させていくことが課題だとしています。また、多くの子どもにみられる「体温調節機能」の発達不全や「自律神経」の調整不良に対しても、子どもらしく毎日一回汗をかくくらい外で元気に遊び、夜はバタン・キューと早く眠る生活を取り戻すことを提案しています。いかがでしょうか。

正木健雄＝医学博士。子どもの発達・発育の分野を専門とし、子どもの心と体の変化の調査研究で注目される。詳しくは『さあ、はじめよう人づくり』（編集・静岡県）を参照。

才能を育てるのは環境だ

長野県松本市に、世界中の人たちが教えを乞いにやって来た鈴木慎一バイオリン教室があります。ここで鈴木先生はバイオリンを通じて才能開発を教えました。鈴木先生と京都大学の総長をされた平沢興先生の対談から、才能と環境についてお話したいと思います。

鈴木先生ご自身は、バイオリンとは縁もゆかりもないところで育っています。ご両親は長唄が大好きで、毎日毎晩、三味線を弾いて長唄を歌う家庭で鈴木さんは育った。ある時お友達のところでエルマンの『アヴェ・マリア』を聴き「何てきれいなんだろう」と感動して、お母さんに話すとレコードを買ってきてくれます。何回も聴いているうちに「バイオリンをやる」ということになって、「日本の先生についてやるのもいいけれど、ドイツへ行きなさい」と言ってドイツに留学を許されます。

留学先がアインシュタイン博士で、彼の家に鈴木先生は六年間お世話になります。その時の思い出を語られているのですが、音楽学校でバイオリンを習って帰ってきても、六年間、アインシュタインは一度も音楽の話をしない。自分の家のリビングに若い芸術家、作家や詩人を集めて芸術表現の話をさせる。その中に鈴木さんを必ず加えるけれども、大物理学者は音楽の話もしない、鈴木さんにバイオリンの話も聞かない。その中で育っていくんですね。

鈴木さんは帰国して、「人間の才能は絶対に生まれつきではない。環境だ。その人の才能が花開くような環境さえつくってやれば、どんな人でもその人の持っている才能が、その環境に応じて花咲くものだ」という思いを強くします。なぜかといえば、「赤ちゃんが、だれも教えないのに『ウマウマ』『パパ』『いやいや』とか勝手に日本語をしゃべりだすではないか。アメリカの子は勝手に英語をしゃべりだすではないか。だれも教えないのではなく実は環境が教えていたんだ」と考えたんですね。

それで才能教育を始めます。たくさんのバイオリニストを育てる鈴木先生の下に、脳に障害のある三歳の子どもをお母さんが連れて来て「この子にもバイオリンができますか？」と尋ねた。先生は「生理的な故障がいくらあっても、それは健常者と条件が違うだけです。だから脳障害のお子さんにはその条件に合わせたやり方をすれば、みんな、バイオリンが弾けるようになります」と言って、三歳の障害のお子さんを預かって、十五年間同じ曲の同じ場所を弾かせるんですね。十八歳の時に、彼は日本代表としてチャイコフスキーのバイオリンコンチェルトに参加しているそうです。

こういう実績を聞いてみますと「教育ってなんだろう」とつくづく思います。人間をもっと信頼して環境に応じたやり方があれば、人間はそれなりの才能を完成するものだと。私たち自身も、気付いてはいませんが、どなたかがこういう生命力をくださっているんですよね。

子どもを誉めるタイミング

私たちが教育を語るときに、その基本としてよく指摘されるのは、子どもの「つ」がつく年齢に物事を全部教えるということ（「つ」がつく年齢とは一つから九つですね。十歳になると駄目なんです）。「つ」がつく年齢に第一期の人格形成が行われるためですね。江戸時代もそうでした。この時代には、三つで躾《しつけ》、五つで読み書き、七つでそろばんと言ったんですね。昔の人は偉いもんですね。

その「つ」のつく年齢で、一番子どもと接している時間が長いのは、やっぱりお母さんですよね。お母さんが育児を担当される場面がどのご家庭でも多いのですが、私がドキッとする言葉があるんです。「育児は育自である」という言葉です。「自分を育てながら子どもを育てなければ子どもは育たないよ」という意味合いです。実際に教育問題に取り組んでもう三年になりますが、ようやく分かってきました。なるほど、私自身が深く教育を勉強しなければ、教育論なんてやってはいけないということが、勉強をするほど分かってくる。「育てる人に育ってもらう」ということが大切なんですね。面白いことに、お母さんが育っていくと、子どもをどういう風に育てたらいいかがお母さんなりに分かってくるんですね。例えば、長男を育てる場合と長女を育てる場合、あるいは長男を育てる場合と次男を育てる場合。同じじゃないことにお母さんが気が付く。それも育児なんです。

例えば「誉《ほ》めて育てる」とよく言いますね。いろいろな書物を読んだり成功例を聞いたりしますと、皆さん張り切ります。「庭を掃きなさい」「ペットにえさをやりなさい」と命令して、子どもがちゃんとやると「よくできた、よくやったね」と誉めるでしょう？　その誉め言葉は、子どもにはそれほど影響はしないんだそうです。親が言わないのに子どもが実行したことを見て「偉かったね、よく気が付いたね、よくできたじゃない」と言われると、これが子どもの向上心に火を点けたことになるんですね。

課題を与えてそれが全部できたことに対して、誉めないよりは誉める方がいいに決まっていますが、ベタ誉めはしないほうがいい。課題を与えないのに子どもが自ら課題を発見して、そして自分の力で自ら成し遂げた時の「よくやったね」という一言。これが子どもの心を開くというんですね。

ある新聞にこんな投書がありました。小学校五年生のダウン症の子に周りのクラスメイトがとても優しいんです。運動会があって、かけっこをしたらビリなんですけど最後まで走った。そしたら翌日クラスメイトからメッセージが来た。内容は「運動会で止まらずに百メートルをよく走ったね、偉かったね」というメッセージなんです。このメッセージをその子はギューッと手の中に握って、涙を流したんだそうです。心が開かれた一時ですね。

子どもの心の栄養剤

優れた教育者、森信三先生が、「どうしようか……」と驚いたことがあります。それは尼崎の武庫川小学校で「『もう、死にたい』と思ってる子いる？　手を挙げてごらん」と言ったら、教室の中の四六％の子が手を挙げたというんです。青森県の黒石町でも四十％近い子が手を挙げたといいます。

どうしてなのでしょう。子どもたちは「父親や母親を心配させまい」と小さな心にそれなりの配慮というものを持っていて、父親や母親がいろいろと言ってくれることを全部善意に解釈して、その善意を自分で内面化している。その内面化したものを「振り」に変えるんですね。いい子振る。勉強してみせる、親の言うことを聞いてみせる。「こんな勉強面白くない」「本当は分からない」ということを、「ねえ、だから教えてよ」と言いたいんだけれども、それを言うと親が心配するだろうから黙っている。子どものころから、父母の要求が高ければ高いほど、子どもの配慮が働いてしまうんですね。これをロールプレイというのですが、いい子振るのを続けているうちに嫌になってきて、キレるか自殺するかのどっちかになってしまうらしいんです。

こうした問題を、どうやって解決するかというので、千葉県のある町では、学校区を十四に分け、その十四の地域の中で和太鼓とか合唱クラブとかお祭りなど自分たちで始めることにしました。「クリーン作戦参加運動」というものもあります。「自分たちの地域の中には吸い殻一本落ちていないような町にしたい」と。それぞれ小さな地域になりますが、一つ一つ目標を持って、子どもを巻き込んで、子どもを中心に働いてもらって、子どもたちに本当の姿を見せる。親たちも本当の姿で接する。そういう活動を始めたんです。

このことから、三十年ほど前に、香川県高松市の栗林公園に行ったときのことを思い出しました。私は朝六時にジョギングに行ったんですが、長い列ができているんです。前の日に観光客が落としていったごみを市長を先頭にして拾う運動だったんですね。何年も続いたそうです。もう市長は変わっていますから、実際に今もそれがあるかはわかりませんが。毎朝ごみ拾いに市長さんと行くことを、「俺は行ってるんだぜ」とだれも言わないんですね、つまり陰徳。善いことをしていても「私が、私が」と言わない。それで善いことを当たり前のことのレベルにまで引き上げる。そこで人格の完成が生まれるということなんですね。

この精神は、先程ご紹介した千葉県のある町で、十四の地域がそれぞれにやることをやっても、人に見てもらうとか「こういうことをしている」といった自己主張をしないことと、通じると思います。こういうやり方も、子どもの心の成長に大きな栄養剤となるのではないかと思います。

お母さんと赤ちゃんの目の距離

夏休みも中盤ですね。「夏期ラジオ大学」といった感じのものを何回かお送りしようと思います。

アマラとカマラの話をご存じでしょうか。狼に育てられたインドの姉妹ですね。アマラが七歳、カマラが二歳です。狼に育てられた結果、彼女たちは肩や胸に長い毛が生えて、四足で走って、話し声は「ウォーウォー」しか出せなかった。発見されて人間の社会に連れ戻して適応させようとしたのですが、とうとう適応できないまま亡くなってしまう実話です。

このように、人間は、環境に見事に適応してしまう能力を持っているわけです。人間から見れば「アマラとカマラは何と悲惨な運命だろう」と思ってしまうでしょうが、彼女たちの立場に立ってみれば、見事に適応して、狼の仲間の中で暮らしていたということですね。人間には社会に適応するだけでなく、自然に適応するという素晴らしい能力があります。その力が環境にちゃんと折り合いをつけていることを得てして忘れて、無理矢理に自分に努力を強いたり、「環境が悪いから、自分は何も才能が発揮できない」と決め付けたりするんです。

実際は人間の体は良くできているらしく、ある実験によれば、例えば、人間がベートーベンの音楽で心安さを感じるのは、周波の上と下を切った狭い幅の中だそうです。音階で言うと、高音部記号の五線の下のラから上のラの範囲。赤ちゃんは、中央のラで泣くそうです。

すると、お母さんが「よしよし」とか「どうしたの?」とやって来ますね。お母さんはさっき言った一番人間として快い感じの音程で赤ちゃんに語りかけてるんだそうです。「あらあら、どうしたの?」と、赤ちゃんにとって一番快い音程で語りかけられると、赤ちゃんの体温がスーッと下がるそうです。

母親と赤ちゃんは、初めから命同士が相呼応するようにできているのでしょうか。おっぱいを飲ませる時に赤ちゃんを抱きますね。そして赤ちゃんが飲んでると、ふっと乳首から口を離してお母さんの顔を見る。その時の目とお母さんの目の間の距離が大体、二十五センチから二十八センチ。お母さんの目というのは赤ちゃんにとって最初の情報なんですね。これが最も快い情報なんだそうです。ああやって、おっぱいを飲ませるのに抱いて乳を含ませる。赤ちゃんが泣いたら「あらあら、どうしたの?」と言って駆け寄る。実験や理論を全く知らなくても、自然に最適条件で母と子がお互いに命のやり取りをしてるんですね。

今、静岡で人材開発の仕事をしております。何も難しいことではないんです。赤ちゃんとお母さんの目の距離です。それから、一番人間が快い音のラです。ラのところで赤ちゃんは泣くということです。お母さんが「あらあら」と駆け寄ると赤ちゃんの体温が下がるということですね。これ、命の話です。信じていこうではないですか。

母と子の間には情報連鎖がある

お釈迦様が釈迦国の大使をなさっている時のこと、農耕祭に参加して一番前に座ってお祭りを見ておりました。農耕祭ですから地面を耕します。耕すと虫が出てくるわけなんです。「あそこにもここにも虫がいる」と言っていたら、空からスーッと小鳥が降りて来て虫をついばんで飛び去った。みんなでその小鳥の行方を見ていたら、後ろからタカが追いかけて来てその小鳥をパッと前足で捕らえて彼方に飛び去ったというんです。「何て残酷な、何て生というのは悲しいのだろう」とみんなが嘆き悲しんだ時、お釈迦様は「いやそうではないんだ。虫は小鳥に食べられる縁で生きてきた。小鳥はタカに食べられる縁で生きてきた。タカも何かに自分の身を捧げるだろう。そういう風にみんな縁でつながっているんですよ」と教えたという話があります。

これを、現代の科学では「食物連鎖」と味も素っ気もない言葉で言うのですが……。南極探検隊がタローとジローという南極犬を置いてきて、一年後に行ったら、タローとジローが大喜びで船まで走って来た。人々は「やっぱり生きてたんだ。偉いな」と感心したが、犬たちはアザラシを食べていた。アザラシは魚を食べていた。魚は海の小魚を食べていた。小魚は藻についているプランクトンを食べていたということなんですね。「食物連鎖」という言葉の中に、これを仏教語では「縁」というのですが、生命のつながりというものがあるということを心にとめておきたいですね。

私は、母親と子どもも、対立ではなく、つながりということで考えるべきではないかと思うんです。「育児は育自」と前に申しました。親が育っていないと子どもが育たない。子どもを育てると同時に、自分を母親として育てていくことが大切なのではないでしょうか。「夫婦になるのはやさしいが、父母たることは難しい」という山本有三の名言があります。夫婦になることはいってみれば男と女の問題です。しかし、父母になることというのは、一人の人間を一人前に育てていくのですから教育者になることであり、難しいことなんですね。

それだけに母子の「つながり」を大切にしたいんです。お母さんのおなかの中の一年間は、人間的な基礎づくりをしているわけですね。羊水の中でぷかぷか浮いている間じゅうお母さんの心臓の鼓動やお母さんの声を聞いているんですね。子どもが泣くとお母さんが「どうしたの?」と近付いてくる。その声だけで子どもの泣き声がフッと変わる。その母の声が音階でいうとラの音であり、体内で聞いていた音に近いということが分かっています。そういうふうに、母という個体と子どもという個体の間には重大な情報連鎖があるんですね。情報の大変な構築物が二人の間にはあるんだということです。これを大切にしない手はありませんね。

家庭で教育環境をつくろう

「格物致知」という言葉があります。「物事を通して、具体的な動作をして得た知恵が本当の知恵だ」という意味なんです。これに反して、人間が実際に物に当たって仕事をしないで、ボタン一つで装置にやらせるというのが現代文明の特徴ですね。

例えば、家庭の中の三種の神器、電気洗濯機、電気掃除機、電気炊飯器ができて、どのくらい家事労働をしないで済むようになったかと言うと、昭和三十七年（一九六二）の段階で三時間二十七分、主婦は家事労働から解放されたそうです。その三時間二十七分を何に使ったか。今だったらパチンコになるのでしょうが、当時はカルチャーセンターなどに行ったりしたんですね。別に悪いことではないのですが、それによって、実際に物事に当たって得た知恵、あるいは知恵を体の中に蓄積するために物事に当たるチャンスを、日本人はどんどん失っていきました。ですから、魚を三枚におろせないお母さんが増えたりするのも当たり前です。スーパーに行けば、ちゃんと三枚になってお刺し身になっているのですからね。

体を使わないで知恵だけを得る。その知恵も実際的な知恵ではなく、既に記号化されたり数値化されたりした、つまり加工された情報を知恵と思っているんですね。本来は生の情報を自分の中に入れてから、自分で加工していく。その過程を含めて、自分の情報になるはずなんですが、今はその手間をかけない。そのため、お母さんたちが子どもたちに教えようとして、段取りや手順が分からないんですね。いわば子どもと同程度の人が、教えようとしているわけです。それでは具合が悪くて、子どもに対して「勉強しなさい」「あの学校に行きなさい」と、母親の期待ばかりが子どもの方に降り掛かってくる。おとなしい子どもはそれを受け止め、期待に添って振る舞って、母親の望むコースを通って行くわけです。子どももまた、記号化されたもの、数値化されたものしか知らないということになりますね。

こんな話があります。ある子どもが、駿河湾の近くに帰る友達と一緒に、怖い顔をしている魚を釣った。「鬼カサゴだろうか」という話になって、家へ帰って『魚類図鑑』を調べたら載ってなかったんですね。普通は「図鑑が間違っている」と判断するのですが、この子は「魚の方が間違っている」という判断をしたというんですね。

こうした状況にあって、子どもを育てるべき母親たちが、学校の授業参観で私語を止めないこと。それは、教育環境を自分たちの手で壊しているということにもなるんです。教育というのは一つの特定の状態なのですから、その状態を家庭の中からつくっていかなくてはいけません。子どもに朝ご飯を食べさせる、学校へ行ったら私語をしない、家の中でも子どもが話している間は聞き役として私語をしない。教育とは、子どもが一人前になって、親の手から離れるまでに、成長していくための状態をつくってあげることなんです。

真のバリアフリーとは

二〇〇〇年十一月に行われた「少年の主張全国大会」で、北側真由桂《きたがわまゆか》さんという奈良県の中学一年生が文部大臣奨励賞を受賞しました。この北側さんが話したのは、小学校四年生のときに、交通事故で怪我をして重度の身体障害者になった同級生の男の子のことです。

その子は院内学級から、もともといた学校（北側さんが小学生だった当時に通った学校です）へ帰ってきます。そのときに、手すりを付けたり、段差をなくすためにスロープにしたりといったいろいろな改修工事が行われ、バリアフリーというのはこういうことかと北側さんが理解しはじめたころ、その男の子が戻ってきました。はじめのうちはみんなで手助けしたりしていたのですが、二カ月ほどたつと、からかったり邪魔にしたりといった意地悪が始まるんですね。北側さんは怒るのだけれど、多勢に無勢なんです。

その後、北側さんは小学校を卒業して中学に入ります。今まで小学校へは家から歩いて通えたのですが、中学は電車・バス通学になりました。つまり、新しい環境に北側さんは放り込まれ、社会というものをよく見るんですね。そこで、障害者のためのバリアフリーというけれども、よくよく考えてみたら健常者である私たち自身がバリアなのではないか。私たちが社会に存在しているということ自身が、他人にとって壁になっているんだ、ということに気が付きます。

「白い杖の人が、学生の大群の邪魔にならないように気を遣って、こわごわ端の方を歩いているのを見たり、携帯電話でメールを必死に送っていて、正面からお年寄りが来ようが誰が来ようが、道のど真ん中を堂々と歩く人を見たりすると、私たち健常者がバリアになっていることに、初めて気づいたりもしました。私の行動範囲が広がれば広がる程、バリアフリーの大切さを思い直す毎日です」と言うんですね。そして、「本当の意味のバリアフリーとは、障害者だから、お年寄りだから、かわいそうだからしてあげるのではなく、対等に接し、その人がどうにかして自立できるように心から支援してあげることなんだ」ということに気が付きます。

私は物書きとして申し上げますが、中学一年生が、こんなに正しい文脈で、しかも適切な言葉をきちんと用いて、そしてあまり感情移入をせず、かといってそれほど理屈っぽくもなく書けるということ。それを考えると、「これはだれかが書かせているのかなぁ」と思いました。「だれか」というのは神様という意味ですよ。人間の持っている資質というものは大変なもので、それは国境や時間というものを越えてあるのではないか。その資質が集まって、お互いに支え合ったから、生物としての命が続いてきたのではないでしょうか。「資質様、ありがとう」なんて独り言を言ってしまいました。

テレビの伝達性とは

新聞の小さなコラム欄にこんな話が出ていたのをご存知ですか？「将来何になったらいいか？」という問いに、今の子どもの一番多かった答えがプロ野球選手と芸能人なんです。問題なのはその理由です。なぜ、プロ野球選手と芸能人に集中したかといいますと、「元手を掛けないわりに、大きなお金が入る」っていうんですね。そんなことをいったら、プロ野球選手なんか「冗談じゃないよ。手が豆だらけになるぐらい練習をしているし、体なんてボロボロだよ」っておっしゃるかもしれませんね。また、芸能人も感覚を養うのが大変で、毎日まじめに発声練習などをされている歌手の方もいらっしゃると思います。しかし、子どもの目には「元手を掛けないわりに目立って華やかで、しかも収入が多い」と映っているんですね。このことを「子どもらしいなぁ」と笑って済ませられるのか。理屈っぽいかもしれませんけれども、もう少し落ち着いて考えてあげることの方が、子どものためになるのではないかと思うんです。

テレビという情報の伝達手段について考えてみましょう。世界中でいわれているように、テレビを見るようになってから、人々が本を読まなくなったという現象がある。なぜか。面倒くさいからではないんです。テレビにはテレビの効用があるということを十分に私は認めた上で申し上げているのですが、テレビを見てしまうと、すぐにわかったような気になるんですね。イメージが非常によくできている。しかも、イメージの持っている説得性というものがあるから、「ああ、そうか。そんなことか」と、すぐにわかってしまう。ということは、「どうしてだろうなぁ？」と、自分の頭を使って、論理、理屈を使って、自分が受け取った情報を解釈していく、そういう知的努力というものをしなくなってしまうんですね。

文明はどうして発達したのか。一番の正解は、「人間が流す汗の量を少なくするためである」ということです。そうでしょう。何日も歩いて東京へ行ったときに流した汗と、新幹線に乗ってすぐに着いてしまう汗とはまったく問題になりませんよね。テレビもそうなんです。非常によく整備されて加工された情報がイメージとして入ってくると、感覚的に受け取って、知的な判断というのは、ほとんどありません。残るのは視覚と聴覚の刺激だけなんです。

現象だけを見て、「プロ野球選手と芸能人は金儲けができるからいいや」という感覚だけで自分の考え方も律してしまう。そういう子どもが育っていくのは人間として不幸ではないかということを話してやる必要があるのではないでしょうか。

ここまで堕ちた子どもの価値観

自学自習の目標は三つあるんですね。一つは職分の充実。大工さんでも、床屋さんでも、お料理屋さんでも、あるいはお魚を獲る人でも、何でもいいんです。その道のベテラン、自分の職業に誇りを持つような、そういう人間の形成。これを「継続的自我形成」というんです。世界中が目標にしている問題で、英語では「ゴーイング・コンサーン」といいます。この「ゴーイング・コンサーン」「継続的自我形成」という道を思い切って歩ませるということも、その人間にとって非常に幸せを与えるということになりそうです。

その次は「自己形成」ですね。「自己形成」と「継続的自己形成」とどう違うかといいますと、片一方は職業の中で自分が成長していく。もう一つは自分の考え、あるいは自分自身の評価の中で、「何とかして昨日の自分でありたくない。今日は新しい自分でありたい。明日もさらに新しい自分でありたい」ということ。「超自我」という言葉がありますが、自分を超えたいという希望を持つ人間になるということですね。

そして、もう一つ一番大切なことは、他人に対する思いやりのある人間になる。この三つなんです。ですから、この三つの人間形成というものを目標にして、「自分は自分の学問の道を開いていく」という人がどっと出てきてもいいんですね。それに対応するような教育体制をつくればいいんです。

恐るべき調査があるのでご紹介します。日本青少年研究所が二〇〇〇年に行った、アメリカと中国と日本、この三カ国の子どもの価値観調査なんですよ。これは読むのも辛いのですが、「他人より少しでも給料の高い仕事に就きたい」という質問に「イエス」と答えた子どもが、日本が七三・六%、アメリカが五三・三%、中国が二八・四%。日本の子どもの七三%が他人よりも給料の高い仕事に就きたい、「お金、お金」になってしまっているわけですね。ところが、「そのために偉くならなくてはいけないのだけれどもいいの?」と聞くと、「偉くなると責任ばかり重くなるから嫌だ」と言うんですね。この答えが、日本が五一%、アメリカが一六・二%、中国が三六・五%になっているんです。つまり、日本の子どもたちは、なるべく楽をしてお金をたくさんもうけたいと。ちゃっかりしてますね。

そういう子どもの価値観をつくってしまったのは何だろうか。子どもたち自身ではありませんよね。お父さん、お母さん、社会です。なぜ、こういう価値観が形成される問題について話し合いをしてこなかったのでしょうか。私は、「困ったねぇ」と笑って済ませられる問題ではなくて、「私たちは、一体子どものための時間というものを何に使ってきたんだろう」という反省があってしかるべきだと思うんです。

中江藤樹の師としての偉さ

中江藤樹《なかえとうじゅ》という人はすごい人ですね。自分の塾にやってきた子どもでたった一人、教えるそばから忘れていく子がいるんです。その子どもは「先生、ごめんなさい」と授業中に泣くんですね。そうすると「泣くんじゃないよ。おまえができるまで先生は付き合うよ」と言って、他の子はみんな帰ってしまったのに、奥さんにご飯を作ってもらってその子にも食べさせて、「わかったか？」と言って教えてやるけれども、どうしても駄目なんです。

ところが、三カ月経って、その子が生物に異常な興味を持っていることに気付くんですね。そこで、鳥の生態とか虫の生態とか、そういうことを細かく観察して話す。「おまえ、生物が好きなんだな」というところから、人間の解剖図まで見せてあげる。そして中江藤樹は、たった一人で、その子のために毎晩睡眠時間を減らして、一冊の教科書を書き上げたんですよ。なんと医学の教科書なんです。それで、「さあおまえ、これだったら喜んで勉強できるだろう？」と言って渡す。その子はのちに立派なお医者さんになったんですね。

こういうことを考えてみると、「この子は元々頭が悪いんだ」とか「勉強嫌いなんだ」というと、親や先生が決めてしまうというのは非常に大きな責任放棄ですよ。何に対する責任放棄かというと、人間が内側に持っている可能性に対する責任放棄なんですよね。その可能性に対して、いろいろな手段で問い掛けて、その内側にある可能性が目を覚ましてくれるまで付き合ってきたというのが、実は終戦前までの日本の教育だったんです。江戸時代の寺子屋が小学校につながったから日本はものすごく教育程度の高い国民国家を形成することができたんですね。その財産を、戦後どうやら食いつぶしちゃったんです。子どもたちの持っている可能性をじっくり育てようというのんきな考え方を持てばいいのに、大量生産、大量消費、大量廃棄という、大量というものを軸にした価値観念が出てきて、「さあ、大量生産時代に勝つためには、何といっても効率だ」と、人間形成までスピード本位に考えるようになってしまったんですね。それが今日になって、「ああ、大変なことをやってしまったな」という反省が出てきたんだろうと思うのですが、人間の持っている知恵を何とかして揺り動かして目覚めさせるという、人間的な授業なり、メッセージの渡し方なりがこれから出てくると思うんですね。

そういうことに気が付いた先生が随分といらっしゃいます。「『学力』と言うから、落ちるの落ちないのということになるんだ。そうではなくて、『学習力』というものを考えていけばいいじゃないか」と。案外、地方の学校の先生がちゃんとしたことをおっしゃっているんですよ。私は、「新しい教育の芽、あるいは光というものは、地方から出てくるな」という思いで、今、春を迎えようとしています。

2　命を大切に思う心

葉を落として命を守るバラ

ようやく春になりました。今年（平成十一年）も、例年になく厳しい冬だったという感じがします。

でも、冬の自然はいろいろなことを教えてくれます。この冬、非常に感動したのは、庭で作っているバラの力でした。私の家は熱海でも標高三百十メートルにあり、箱根の山と同じくらいの気象条件です。水をやると土が凍ってしまう恐れがあり、土が凍るとバラの根はいっぺんに駄目になってしまう。お天気と相談しながら水をやりますが、忙しいと三日か四日、水やりを忘れてしまいます。するとバラはどういう状態になると思いますか？

どんどん葉っぱを落としていくのです。水が足りないから葉を落とす——それは原因と結果ですが、バラの立場に立って考えてみると、バラは自分の体内に蓄えた水を葉の表面から蒸発させています。そこで水をとっておくために葉を落として、なるべく蒸発する面積を少なくする。水を大切に大切にバラ自身の知恵で使っているのですね。

その光景を見て、バラに謝りました。そして「あんた強いね」と思わず言ってしまいました。命というものは、一つひとつが命を維持するための装置、あるいはその装置を動かす知恵を持っているのですね。私たち人間はそれに気が付いたことがあるのでしょうか。

ちょうど三年前のお正月、「モモ」という小説で知られるドイツの作家ミヒャエル・エンデが、新聞にエッセイを書いていました。

白人の調査隊が、インディアンに自分たちの荷物を全部背負わせて中南米の奥地調査に出掛けます。四日ぐらい歩いたところで、インディアンたちが急に座り込んでたき火を始めて動こうとしない。仕方なくそこで休んで、翌朝、出ようとしたら、まだ彼らは車座を作っていて動こうとしない。そのままにして自分たちも一緒に休んだ。五日目の朝、彼らはゆっくりと立ち上がって、黙って荷物を担いで歩き出したという。目的地に着く間にもう一回、そういう事があった。調査が終わった後、調査隊長が彼らに休んだ訳を尋ねると、彼らは「あんまり早く歩いてきたので、私たちの魂（彼らはゼールと呼ぶ）が私たちに追いつけないんじゃないかと思って、それで二日休んで、魂が追いついてくるのを待ってたんです」と言ったという話です。

現代人が忘れているのは何だったろうか。毎日をあたふたと忙しく働いているものだから、自分の心を、彼らのいうゼールを、あるいは自分を見つめる時間を忘れて、どこかに置いているのではないか。その問題をインディアンの話に仮託して、エンデは私たちに残していったのですね。


ミヒャエル・エンデ（1929〜1995）＝ドイツ南部出身。作家。童話『ジム・ボタンの冒険物語』で最初の成功を収め、時間泥棒に時を盗まれた人々を助ける少女の物語『モモ』でドイツ児童文学賞を受賞。代表作に『はてしない物語』『サーカス物語』など。

アルファ波を出しましょう

ゴールデンウィークをどんな風にお楽しみだったでしょうか。「レジャー」、字引には「余暇」と書いてありますが、そもそもの始まりは第一次世界大戦後、フランスの労働組合が言い出したものです。思いついてウェブスターの英語の語源辞典を当たってみたら「レジャー」は「to be allowed」と書いてある。「許された状態」＝時間から許される、心から許される、支配と服従の関係から許される、家族関係からも許される。つまり、人間として存在しているために生まれるいろいろな関係が、一切なくなってしまった状態が「レジャー」だということになるんですね。何か物事の本質を言い当てているようですね。

時々私も外国に参りますが、日本の観光旅行の団体の方、特に女性は気の毒です。五泊六日くらいの日程で、例えばイタリアで「ミラノも見よう。ベネチアにも泊まろう。ローマにも行こう。できればシシリーまで行ってタオルミーナのサンドメニコにも泊まってみよう」と大変に欲張りなスケジュールを立てるものですから、女の人は大相撲の取り直しの後の力士みたいにザンバラ髪になってしまっている。それを気にしながら名所旧跡を回っても「to be allowed」にはならないんじゃないかなって感じます。

「心が許された状態」を見つけるのはなかなか難しいことですけれども、例えば座禅に見ることができる。座禅をしていると脳波にα（アルファ）波が出る。α波というのは一番安定した心の状態であり、半分眠っている状態だそうです。

私もずいぶん以前に禅寺で座禅をしましたが、大徳寺に小堀南嶺という立派な禅僧がいらっしゃいました。ニューヨーク工科大学から三人のドクターがやって来て、小堀禅師の脳波を測定したら「三時間計測したが全然波が変わらなかった」といいます。そのグループの研究では、先端的な開発をするノーベル賞受賞者の学者たちの脳波も小堀禅師と同じ波の形で、しかもそれが一時間も二時間も続いたといいます。この話で感心していたら、まだ奥がありました。

本当に人間のできた老師や禅師は、瞑想に入った途端に脳波がピタッと安定して細かい波の型が水平に現れるのですが、そこへ仏壇にある鐘をチーンと鳴らすと、その時だけ脳波がピュッピュッと動くのだそうです。これが本当の悟りの波なんだそうです。

つまり、「できた人」は平常心を持っているものですが、ぼんやりしていたり半分寝ていたりするのではない。何か外側に違う状況が起こった場合、環境に変化があった場合に、それに対して即時適切に対応できる人を、平常心のある人と言うのですね。

自分とは何か――「自然《じねん》」から「自燃《じねん》」へ

アーノルド・トインビーという当代きっての文明評論家が、亡くなる前に、医者に死期を教えてくれと頼んでおきます。医者がそのとおりに「あなたはもうそろそろ終わりです」と告げると、トインビーは「現代人は何でもよく知っているようだが、自分のことだけは知らないようですね」と言って息を引き取ったといいます。

あなた自身のことをご存じですかと問われると、ほとんどの人が答えに詰まるのではないでしょうか。ドイツの哲学者ヘーゲルは「自分とは何かを問うことは、自分で自分の体を持ち上げて体重を量るようなものだ」と言っています。まさに名言です。

そういう問題に対して、鈴木大拙《すずきだいせつ》という禅の大家が「自然（じねん）」ということを説いています。大拙は「一人ひとりが違うように見えていて、実は同じなのだ」と言います。自らという「自」と、〝全然〟とか〝然《しか》して〟という時に使う「然」、「自然＝しぜん」と普通読んでいますが、「じねん」と読むのだそうです。自ら然らしむる、自分の一番本質的な自分というものを、何事も飾らず、だれの目にも煩わされずそっくりそのまま出す、それが「自然」だというのです。それができるようになると、人は自分を自由に使うことができる。ひとりでに振る舞う、ありのままの自分でものを言ったり、行動してみたりする。「そんなことしたら、人に笑われるのではないか」と思うこともありますね。だったら、人に笑われないような行動や物言いをすればいい。そのために努力があるわけです。それを「自然」という言葉で大拙先生は示しました。

私たちの勉強は毎日の積み重ねですね。「自然」という言葉を教わると、それが踏み台になってもう一つ高みに上ることができるようです。実は、中国のお坊さんが八百年くらい前に「自然」の「然」は火偏がつく燃、自ら燃えることだと説明しているのを知りました。自ら燃えることによって人々は仏に近づくことができる、その火が消えてしまったら地獄に堕ちるということを、蘇東坡《そとうば》という有名な詩人に言って聞かせたという話があります。

自分が燃えなければ周りの人が燃えてくれない。簡単な例で、車に乗って旅行したときにパンクしたとします。一人だけが降りて修理してもなかなか直せない。みんなで降りてああだ、こうだっていうと早く修理ができてしまいます。一緒に問題を解決することが大切なのでしょう。一緒に問題を解決している中の自分が、あるいは本当の自分なのかもしれません。他があっての自であり、自があっての他である。自他同一というのが、今日の結論になりましょうか。

――鈴木大拙（１８７０～１９６６）＝仏教哲学者。本名貞太郎。石川県出身。学習院教授、京都大谷大学教授を歴任。後年、アメリカやヨーロッパで日本文化と禅思想を中心とする仏教哲学を講じた。’49年文化勲章受賞。英文・邦文の著書は百冊余り。

「命」を大事に思う心は日本人の財産

サンケイ新聞の『朝の詩』という欄に美しい詩が載っていました。

重み　　小田川雅一

命に重みが
無くなっちゃった
無重力地帯では
あるまいに
言葉に重みが
無くなっちゃった
無重力地帯では
あるまいに

吉野せいという詩人でありエッセイストとして優れた人がいらっしゃいました。詩人の夫、三野混沌さんの生涯を書いた『洟をたらした神』という作品で、大宅壮一賞を受賞した方です。この吉野さんの「春」という文章に、混沌さんのことが書いてあります。

「ヒバリの巣があったので、麦畑を二間四方刈り残した」という一行があります。ヒバリの巣があって刈ってはかわいそうだと二間四方、今の三・六メートル四方の麦畑を刈り残したというんですね。命に対する優しさ、思いやりですね。

この文を読んだときと同じような感慨を、三十年前に抱いたことを思い出しました。岩手県の田野畑村に、毎年の夏、早稲田大学の商学部の学生たちが植林に行っていました。村が頼んだ下刈りを頂上までして、それから穴を掘って水と苗木を運んで植林をするという大変な仕事です。私はそのレポートを読み、連れて行った先生たちの話をうかがったのです。東北の夏ですから、早く秋が訪れてリンドウの花が咲き始めます。学生たちは東京から持って来た荷札に「この花は刈らないでください」と書いては付けて上の方に登って行った。だから、学生諸君が下草刈りが終わって山を下ると、点々と荷札の付いた花が咲いている。美しい話ですねぇ。ある学生は「このとき歌った『都の西北、早稲田の森に』こそ、本当に我々の校歌だった」と打ち明けてくれました。「この花を刈らないで」という荷札を付ける学生の思いと、混沌さんがヒバリのために麦畑を刈り残すという心は同じですね。

「心」というもの、「命」というものを大事にしたいというか、「命」に対する哀れさというんでしょうかね。これは大変な日本の財産ではないかと思うんです。

気が付くことが愛の始まり

カメラマンの佐藤晃さんとライターの戸田京子さんのお二人が、日本全国津々浦々の動物園を見て回り、写真集ができました。写真集を作る作業をしている時に、二人でふと気付いたことがあった。今まで、例えばゴリラなら、単一のゴリラ顔しか考えなかったんだけれども気が付くと一頭ずつ全部顔が違う。「アレアレ？」と思って今度はキリンの顔を見たら、キリンの顔もやはり一頭ずつ違う。「ああ、人間っていうのは勝手なものだな。人間はいろいろな顔をしているということをお互いに認識しているのに、動物のことになったら同じ顔だと決め付けてしまっている。これはどうしたことだろう。逆に今度はゴリラの方からオリの外で自分を見ている人間の顔を見ると『やぁ、人間って同じ顔をしていると思ったら一人ずつ違う顔をしているんだな』と動物の方で考えるだろう。そういうふうに、相互認識ということに気が付く、気が付くということが実は愛の始まりではないか」と。

私はこの話にとても感動したんです。もう一つ、立場も質もまったく違う話があるのですが、底に同じものが流れているんです。

台湾で『ドラマセラピー』という劇遊びが行われています。小さなエピソードでも物語でもいいのですが、その物語を中心に素人同士が一つの劇を作ってしまう。劇をアドリブで運んでいくんですね。すると終幕のところで「なんだ、みんな同じことを考えていたんだ」と気付くのだそうです。「人間が生きていく上で持ってる悩みって同じなんだ。だからそんなに深刻になることはないいんじゃないか」――そういう素晴らしい結論が出てくるんですね。

例えば、一人の老婆が橋のたもとにたたずんでいる。そこに別のおばあさんが力なくやって来て、初めのおばあさんに「なぜここにいるの？」と聞く。初めのおばあさんは自分の身の上話を始める。「一人娘をアメリカに留学させてやった。そのために貯金を残らずはたいてしまった。しかし娘からは何年もなしのつぶてだ。どうやって生きていくのか私は途方にくれている」と言う。そこへ三人四人のおばあさんが現れて、いずれも家族や世間から見捨てられた理由を話し合います。お互いに話し合っているうちに「そりゃ、あんたが悪いよ。ここはこうしたらいいいんじゃないか」とか「そりゃ、あんた、そんな状態からサヨナラして自分の人生を始めたらどうなの」と次々に新しい提案が出て励まし合いが始まる。

『ドラマセラピー』の最初はお互いに愚痴をこぼしていたのに、幕が下りる時は「そうだ。明日から新しい自分になろう」と言って終わってしまうというんですね。

人間と人間が触れ合うということが新しい価値を生む、つまりお互いにメッセージを出し合うということがあると思うんです。その中からお互いに対して気が付き合う、気が付くということは愛の始まりと言いましたが、集団の中では大きく膨らむんですよね。

お彼岸の風景

空を渡る風に秋の香りがしますね。中村貞女さんの句を思い出します。「曼珠沙華《まんじゅしゃげ》　抱くほどとれど　母恋し」。この母恋しで、胸いっぱいの曼珠沙華が余計悲しく見えますね。お彼岸になると、テレビがよくお墓参りの人たちを映します。お墓を洗ったりお花を取り替えたり、夏の間に茂った雑草を抜いたりしますね。そんな風景を見ていると、「日本にもまだ宗教が残っているんだなあ」と思ったり、「どれくらい残っているのかしら」と半分暗い気持ちになったりします。

最近取材をして驚いたのですが、ペットに飽きるとみんな放り出してしまうんですね。引越しする時には自分の住んでいたところに置いていってしまい、新しい住所に連れて行かないんですよ。それが野良犬や野良猫になったりする。そうすると保健所に捕らわれて、引き取り手がないと、全部ガス室に送られます。ガスを吸って死んだ途端にそこがものすごい高熱の炉になって、ガス室に送られてから大体二十五分から三十分ほどで、小さな小さな白い骨片になってざらざら出てくるんですよ。

東北のある都市で、一年間にだいたい八万匹の犬や猫が処理されているんです。ほとんどがペットだといいます。ということは八万人の人が捨てたというわけですね。犬や猫の命ならいいのか。ものの哀れというか、哀れと感じる心、つまり宗教的情操というものがないのではないか。それがちゃんと確保されている世の中なら、いわゆるお通夜や本葬や初七日という宗教的儀式はその時代の生活感覚に合わせて、延長したり短縮したり簡略化したり、それは許されると思うんです。葬儀そのものは言ってみれば箱物ですから、その箱の中に詰める内容がよければそれでいいと思うんですね。しかし、一方で平気で毎年毎年八万匹のペットを殺しておいて、一方ではお葬式を簡単にしてということになると、どうでしょう。私たちは次の世代に「かわいそうだから」とか「哀れじゃないの？」という言葉を具体的に告げていけるのでしょうか。

もちろん、こういう話題は食卓にそぐわないかもしれません。テーブルマナーの一つに食事が始まったら政治と宗教の話はしてはならないという重要な一項目がありますよね。それをやるとお互いに気まずくなるからでしょう。しかし、食卓を離れても何かの時にふと「お月さまには本当にうさぎが住んでいるのでしょうか」と幼い心に帰ってみる。そして自分を生かしてくれている大きなものをお互いに感じようと努力する。そんなひと時をご夫婦の間、あるいはお子さんとの間で持ってほしい。どうでしょうね。学校で先生がみんなでお月見に行こうという、静岡県の小学校はお月見をする小学校だという風習をつくっても面白いなと思うんです。

遠藤周作の『沈黙』をめぐって

今日は遠藤周作さんの書かれた名作『沈黙』を取り上げたいと思います。お読みになった方も多いと思いますが、ポルトガル人の宣教師のロドリゴが主人公です。ロドリゴはキリシタン弾圧の嵐の中に巻き込まれます。徳川幕府が執った政策は踏み絵政策です。キリストの描いてある絵を踏んで、踏まなければお前はキリシタンだとして磔《はりつけ》か無期懲役になる。いよいよロドリゴ自身が捕らえられて、「さあ、絵を踏め」と言われます。ロドリゴは踏めるわけがないのですが、「自分が踏まなければ純粋な日本人の信者が余計に苦しい目に遭う。自分がキリスト者としての信念を通せば通すほど、自分の周りに犠牲者が増えていく。これはどちらを選択するのがキリスト教徒であろうか」と苦悩の果てに立ち上がって踏むことにします。遠藤さんは非常にうまい表現をされていましたが、その踏み絵は何人かのいわゆる転びバテレンに踏まれて、キリストの顔が歪められ泥だらけになりすり減っていた。その泥だらけの顔をロドリゴが踏んだ時に、天の声が聞こえたように思えた。「ロドリゴよ、踏み絵を踏むことによってお前の足は痛むだろう。お前の心も痛むだろう。だがそれで良いんだよ」と。『沈黙』の最大のクライマックスのところなんです。

これに対して、自ら命を絶たれた江藤淳さんが、その頃はまだ元気で文芸評論家として健筆を振るっておられましたが、真っ先に批判したんです。「キリスト教の教理からいえば、

『それで良いんだよ』ということは絶対にありえない。ロドリゴは背教者以外の何者でもない」と言って、痛烈な批判的文章を書いたんです。もう一人、『大和古寺風物誌』や『親鸞』をお書きになった文芸評論家の亀井勝一郎さんは、どちらかというと熱心な仏教の信者で、「キリスト者の立場からすれば大問題でしょう。ただ小説家というものは、書いている最中に人間の背教的な部分を書いていく。それによって余計に人間の愚かしさ悲しさ、それゆえの愛しさというものが伝えられるんですよ」とおっしゃった。

もうひと方、東京工業大学で経済学を教え、定年で早稲田大学の方にお移りになった矢島鈞次さんがいらっしゃいました。学園紛争当時、学生に包囲されて「貴様」だの「犬」だの「畜生」だのと浴びせられても一歩も引かなかった教授の一人です。この人が『沈黙』をめぐって、江藤さんと亀井さんの論争があった時に書いていたことがあります。遠藤さんがこの小説をお書きになる数年前に、アグネス・チャンさんと二人で、当時のローマ法王の、ヨハネ・パウロ二世に謁見を賜っているのだそうです。その時に、法王が遠藤さんに「日本人なんだからもっと仏教の本をお読みなさい」と言って別れている。で、「『あなたは日本人なんだからもっと仏教の本をお読みなさい』という法王の一言が後の遠藤周作の文章を変えたんだ」と指摘して、『沈黙』以降彼が書く小説の題名を挙げていらっしゃるんです。

目に見えないものへの敬意

秋になると鰯雲《いわしぐも》が空にかかります。秋の鰯雲に関して素晴らしい俳句があります。加藤楸邨《しゅうそん》の「鰯雲　人に告ぐべき　ことならず」という句です。

そうですよね。だれでも胸の中に何か一つ「人に話してもこれは分からないんじゃないかな」「間違った風にとらえられるといけないな」と思ってしまい込んでいること、あるいは、他人の名誉に関することがあって、結局言わずじまいでこの世から去っていくということもあるんだろうと思うんですよ。そういうことで、音声や活字に変えられたり、目の中に写ることだけが人生の要素だと思うのはちょっと考え直した方がいいですね。

前回、遠藤周作さんの小説『沈黙』の主人公、宣教師ロドリゴをめぐる文芸評論家の江藤淳さん、亀井勝一郎さんの論争、別の視点で解説された経済学者矢島釣次さんのお話をしましたね。作者の遠藤さんをはじめみなさんがもう亡くなられていて、それこそ「人に言うべきことならず」というのを、それぞれの方が胸に秘めて世を去ったのかもしれません。

しかしながら宗教観を考えてみた場合に、キリスト教は、その合理的精神に仏教的感性をプラスした場合にどうなるだろうか。その方が人間社会では暮らしやすいのではないかという問題があるのかもしれませんね。

宗教にまつわる大隈重信公の面白いエピソードがあります。いろいろな神父さんや牧師さんを前に「あなた方キリスト教の中では、今まで流血の惨事を繰り返してきた。我が仏教にはそれが少ないんだ。それをどう思うか」と聞いたら、みんな答えられずにうつむいてしまった。カナダから来た二人の貧しいシスターが顔を寄せ合って真剣な面持ちで話をしてから、そのうちの一人がキッと大隈公の顔を見て「信仰というものは命懸けのものではございませんか?」と言った話です。これも信仰なんです。大隈公の「仏教に流血なし」は間違いです。

そこで私が提案したいのは、どっちの信仰が正しいか正しくないかとか、何宗が正しいとかいう問題ではなく、見えない超越者とどういうふうに向かい合っているかをもう一回考え直してもいいのではないかということです。

大切なのは「宗教的情操を身につけ、それを感じる」ということではないでしょうか。自分をつくってくれた偉大な創造者、目に見えない超越者、スーパーエゴというものがあるのではないでしょうか。

ともあれ、子どもの「どうして金魚ってこんなに威勢よく生きているのかな」「なぜ大根はおいしいのかな」という素朴な問いに、「お前一人で生きているのではないよ。生かされている部分の方が多いんだよ」と、丁寧に答えていくことが大切なのだと思います。そういう積み重ねが、家庭教育の基礎的な部分なのではないかなと思います。

生きるように生かされている

秋のお彼岸ということもあって、続けて「日本人は宗教に対してどう考えているんだろう」という疑問をお話しします。暮れになるとクリスマスがあり、それが終わると除夜の鐘を聞いて、今度はお宮参り、神社へ行くんですよね。一週間のうちにキリスト教と仏教と神道をやってしまうので外国人は驚きます。こういう姿を見ていると日本人は無宗教なのか、あるいは無神論者なのかなと戸惑うのですが、そうではないんですね。そうではなくて、やっぱり「お陰」と言いましょうか、現世的な利益と結びついているにしろ、宗教的情操があるんですね。何かに手を合わせたいという気持ちがあるんだろうと思うんです。

何かに手を合わせる気持ち――これを単なる日本人の宗教的態度ということで片付けないでもう少し考えてみると、家庭教育、社会教育の、つまり教育論の基本なのだと気付きます。よく分かる例があります。前に、鈴木慎一先生というバイオリンの指導者のお話をしましたね。才能開発の先駆者でいらっしゃって、鈴木慎一バイオリン教室というのを松本市に開いている方です。世界的な指揮者小沢征爾さんも育てています。

この鈴木先生がお父さんに連れられて神社参りをします。神社の前に行ってお賽銭をあげて拝みます。お父さんはさっさと終わってしまって、鈴木さんが終わって父親の方を振り返ると「随分と長くお祈りをしていたけれど、何をお願いしたんだね?」と聞かれるんですね。

「家内安全、商売繁盛、火の用心、私の学力が伸びますように。この四つです」と答えたら、父親に「馬鹿だね、お前は」と言われます。「神様にそんなにお願いするもんじゃないよ。だいたい神様はお願いするもんじゃないんだよ。『ありがとうございました』と一言言えば済むんだ。神や仏に向かったら、『今日ただいまこうして私があること、それはあなたのお陰です』という意味で『ありがとうございました』、その一言を言えば良いんだよ」と言われたというんですね。

「以来、自分はずっと『ありがとうございました』で来ました。ところが四十五、六を過ぎた時に『生かすように生かされてるんだな、自分は』とハッと気が付いたんです。そうしたら一切何も健康法もしなくなったし、何が体に良いからといって食べることもしなくなった。その場その場に与えられるものをゆっくり自分の体内に取り入れるということをするだけで今日に至っております」というようなことを、おっしゃっています。九十歳を過ぎた時の話です。

「生きるように生かされているんならこれで良いんだ」と思った時から第二の人生が始まったとおっしゃる。すごいなと思いました。どうしてそういう思いが教育論につながるかというと、命と向き合って育てる態度につながるからなんです。

「雑草という草はない」――昭和天皇のメッセージ

長い間昭和天皇の侍従をされた入江相政さんという方が編まれた『宮中侍従物語』という全八冊の文庫本があります。

読み出したら寝られないくらいに面白い本で、文章もうまく、軽々と書きながら天皇皇后両陛下の人間的な内容、微笑みの一つまでお書きになっています。その中から、昭和天皇のお人柄と、「命」の大切さに触れるエピソードをご紹介しましょう。

天皇がお住まいになっている御座所の前のお庭一体のことを『広芝』といいます。その広芝にキジやコジュケイが盛んに来て、とても楽しい風景になるんだそうですが、いろいろな植栽があって広々としているものですから、草の種が飛んできて夏になると草がボーボーになるらしいのです。

ちょうど、両陛下は夏休みは那須の御用邸か下田にいらっしゃって、秋口にお帰りになる。お帰りになって草がたくさん茂っていたらお見苦しいだろうと、侍従たちは、その草を刈ることにしました。

しかし戦後のことで人手が足りなくて、間に合わなかったのですね。陛下がお帰りになった時に、入江さんが「真に恐れ入りますが、雑草が生い茂っておりまして随分手を尽くしたのですがこれだけ残ってしまいました。いずれきれいに致しますから」とお詫びをしました。

するとり陛下は、かつてお見せになったことがないほどのキツイ目をきらりとされて、「何を言ってるんでしょう。雑草という草はないんですよ。どの草にも名前はあるんです。そしてどの植物にも名前があって、それぞれ自分の好きな場所を選んで生を営んでいるんです。人間の一方的な考えで、これを切って掃除してはいけませんよ」とおっしゃったというんですね。

どの草にも名前があります。どの草にも命があります。命どおりに自分たちの生きる場所を選んで生を営んでいるんですね。やっぱり生き物すべてにおいて、自分で生きる場所や道筋を選ぶことが、内なる情報として入っているんでしょう。父がどうしてくれる、母がどうしてくれる、先生がどうしてくれる、会社がどうしてくれるではないんです。

私たちは気が付かないで「なるべくなら教えてやればいいんだ、マニュアルを作ってやればいいんだ」と思ってしまいます。そうではなく「お前にはお前の命があって、命どおりに生きていっていいんだよ」というメッセージを先に与えて、「こういうことはあまりやらない方がいいよ。こういうことはやってごらん」というメッセージを更に重ねていくといった姿勢が大切かなと思います。

醍醐桜はかわいそう

暑くなりました。ちょっと背筋の寒くなるお話をしましょう。

佐野藤右衛門さんという、日本の桜を代表する造園家のお話を以前しましたね。川端康成先生が生前、春になると藤右衛門さんの薄墨桜が見たくなり「草柳君、行こう」と誘ってくださいました。お供をして北山杉の傍にある藤右衛門さんの庭に出掛けます。川端先生は薄墨桜を見て、帰りは祇園に寄ってお気に入りの舞妓さんを呼んでお酒を召し上がりました。

さて、この藤右衛門さんと華道家の安達瞳子さんが『銀座百店』という雑誌で対談しておられます。藤右衛門さんが「銀座を歩いていると、時々花の生けてある店がある。花のあしらい方を見て『ここは金もうけだけを考えている店だな』『ちょっと奥の深い人がいるのかな』なんてことが見えてくるんですよ」とおっしゃっています。ゴタゴタ飾りを付けたり、美辞麗句を並べるより、花一本の姿によって客に対する姿勢が分かるというんです。

藤右衛門さんは、「実生《みしょう》の物は、落ちて条件が合って育っていく。ところが染井吉野は、人間が苗木で植えていくだけなので、最後まで人間が面倒を見なくてはならない」と言うんです。続けて「面倒を見出すと過保護になるんだよね」とおっしゃったんです。「相手を理解せず、人間のエゴだけでやるからね。やはり切るものは切ってやらなければ駄目だし、切る方が良いものと、切らないでおいた方がその木にとって幸せなものと、その見極めを持つ事が木に対する愛情じゃおまへんか?」と言うんです。

苗木から育てていると過保護になる。その通りですよね。柚一本、侘助《わびすけ》一本、夏椿一本育てても過保護になります。枝を切ってはかわいそうだという気持ちになるものですから、素人はどうしても少ししか切らないんです。しかし、本職の植木屋さんはパッパッパッパと切るんです。どこを切ればその木にとって幸せなのか、この判断ができるのですね。

藤右衛門さんは更に「岡山の醍醐桜《だいござくら》が一本だけ素敵だとみんなは見るけれども、あんなにかわいそうな木はおまへんで」と指摘しています。あの辺は野墓（お墓があった場所で、回りは桑畑だった）だからそれだけさまざまな草が茂っていて、桑畑自体が持っている土のエキスがあった。その土のエキスがあって、バクテリアが住んでいて、土壌としての成り立ちがあった。いろいろなものによって土壌が成り立っていた。ところが、いろいろなものを取り払ってしまい、桜一本を見るような仕掛けにしてしまったがために、土壌が弱くなってしまった。エキスがなくなってしまったと言うんですよ。醍醐桜が一本になって以来、ガタガタと弱くなったと。「人間の育て方も同じでっせ」と言うんです。怖いですね。

「いろいろなものと一緒に共生してこそ人間なんだ」ということを、さすがに佐野さんは岡山の醍醐桜を例に引いて、人間には触れずにお話になっているんですね。

水俣病患者と歩んだ医師

熊本大学医学部で四十年余り水俣病に取り組んできた原田正純《はらだまさずみ》さんは、二〇〇一年の吉川英治文化賞を受賞された一人です。私はこの授賞式を拝見する立場にありました。

原田先生がかかわった何百人かの水俣病の患者さんの中の一人、ある漁師のおかみさんの話です。おかみさんの長女は胎児のときから水俣病で、目も見えず聴覚もなく、言語能力もなく手足は伸び切ってしまったままでした。夫妻は娘さんを智子と名付けて大切にし、毎晩抱いて眠ったそうです。一九七一年にユージン・スミスという世界的な写真家が水俣に住み込んで水俣病の一切を写真に撮り、写真集を出版しました。世界中の人が彼の作品を通じて、水俣病という人間が犯してはならない文明上の過ちを認識したのです。

原田先生の話は写真集が出たところから始まります。先生はこの写真集で、湯船の中で智子ちゃんを抱く写真「入浴する母子像」を見て驚きました。それで、お母さんに「何で智子ちゃんを写させるんだよ?」と聞いたそうです。やり切れなかったんでしょうね。そしたらお母さんが「『何で』って先生、どうして聞くだね? この子はね、世界の宝なんだよ。智子は世界の宝だから写させたんだよ」と答えたというんですよ。

「どうして『世界の宝』なの?」と尋ねる原田先生に、おかみさんは言ったそうです。「第一に、この子がお腹にいるときに私が水銀のたっぷり入った水俣の魚を食べた。そしてお腹から出たときから、耳も聞えなければ目も見えなければ口も利けず、全身に全く力がない。だけどそれは、智子が私の体の中の水俣の魚の毒を全部食べたからだ。そのおかげで私は智子の後六人の子どもを生んだけれども、だれ一人水銀を持った子が生まれなかった。だから智子が自分一人で、この小さな体で、みんな水銀の毒を吸い取ってくれたんだよ。第二には、私がこの智子に掛かり切りでほかの子どもたちの面倒を全く見てやれなかったために、六人の弟妹は、母親から何の手助けも得られないままに、お互いが支え合い助け合って子どものころから自立できたんだ。今、立派にこの六人は自立している。これも言ってみれば智子のおかげだね。第三には、ユージン・スミス先生の写真集に載ることによって、世界中の人が『水俣病はひどい。こんなことをしてはいけない』という反省をしてくれただろ？　先生、だから智子は世界の宝なんだよ。宝を人に見せて何が悪いのかね？」と。

原田先生は「分かりました」と頭を下げて帰ったそうです。

故ユージン・スミス撮影の「入浴する母子像」は環境汚染の被害を伝える作品として、その後も国内外の教科書や図録に収録されてきた。智子さんが亡くなって二十年余。二〇〇〇年二月二十八日付け熊本日日新聞朝刊によれば、「公害をなくすため」と見守ってきた上村夫妻だが智子さんを休ませてあげたいという思いもつのり、それを受け止めた著作権者のアイリーン・スミスさんは九八年十月、写真を公開しないことを決めたという。以後、写真に関する決定権は夫妻に帰属することになった。

情報を内部化する作業

胎児性水俣病の研究に尽力した原田正純さんの話を続けます。吉川英治文化賞授賞式で原田さんは「今日の賞は、このお母さんや亡くなった智子さんや水俣病の人たちのために頂いたんだと思います」と言って一礼して下がりました。千二百人入った会場はシーンと物音一つしないで、やがてワーッと拍手の音が起きました。すぐに拍手をしたかったのですが、涙をふく時間が欲しかった。それで静寂、そして拍手という順になったんです。

四十年の間には、いろいろな裁判や闘争があり離れていった研究家も多いのですが、原田先生は熊本大学から熊本学園大学に移られた現在も水俣病に取り組んでいます。とうとう「水俣学」という一つの学問の体系をつくろうとしていらっしゃいます。

その活動も語り尽くせないのですが、しかしどうでしょう。このお母さんの、人間としての力は。若くして嫁ぎ、毎朝自分の夫が漁に出るために乗る船を一緒になって浜から海へ押し出す。夕方夫が漁を終えて帰ってくれば、その船を夫と一緒に浜に引き上げ、捕った魚を小分けして魚屋さんに売りにいく。そういう生活の主婦が、水俣病の娘と自分が写真に撮られたことに「どうして？」と聞かれて、この三つの理由を述べ上げたんですね。

人間の学力、あるいは表現力といった問題ではありませんね。「人間というのはすごいなぁ」と思うんですね。

ある一つの、自分にしかないのっぴきならない経験を、それから目をそらさずに真正面から取り組んで、それを克服したときに、一つの大きな大地に、あるいは山の上に立つのではないか、パーッと目の前が開けるのではないでしょうか。そうすると「私は意味のあることをしてきたんだ」という心の着地点を得られると思うんですね。私はそういう心の着地点というものを、これからの日本人が一人ひとり得ることができたらいいなと思うんです。

それにはやはり、自分自身の情報、自分自身のニュースが必要だと思います。現実には、情報は新聞、雑誌、ラジオ、テレビといったメディアと呼ばれるものから与えられています。「テレビがああ言っていたから」「新聞にこう書いてあったから」と外部の情報に頼ってしまうでしょう？　それをいかに自分の中で内部化していくか、内部化することが深ければ深いほど広いものが見える着地点が、心の中にでき上がるんじゃないかと思うんです。また、二十一世紀の社会を生きる概念の中で非常に重要なのは「関係性」だと指摘されています。読書をしても「この本と似たことを言った人はいないか？」「この本と反対の意見はないか？」と本の選択を広げていくと、「関係性」が見えてくるんですね。

長崎の原爆の日によせて

八月九日、長崎は原爆の日を迎えます。長崎の原爆資料館にいらっしゃった方もおありになると思いますが、おそらくお見逃しになっているのではないでしょうか。かつての小倉や八幡や戸畑が集まって北九州市になりましたが、その北九州市の皆さんが、長崎に大きな碑を贈っているんですね。

長崎に原爆を落としにきたアメリカの飛行機は、実は最初は小倉に落とすはずだったんです。小倉というのは、軍事工場が軒を並べていたところですから、アメリカ兵はここを叩く予定でした。ところが、その日はどんよりと曇って、全然視界が利かなかったんですね。そこで長崎の造船所を攻撃しようと、小倉から長崎に機首を向け直します。長崎の上空に達したとき、長崎の上空も雲に覆われていたので、レーダーを頼りに攻撃をかけようとした。すると、造船所の上だけポッカリと雲が切れていたんですね。そこで原爆を投下することになります。つまり、最初は小倉に落とすはずだったのに長崎に落とした。そのために、長崎の人たちは大変な目に遭うんですね。八万人余の人々が原爆の業火に焼かれ死んでいきました。そういうわけで小倉（今の北九州市）の人たちは、長崎は私たちの犠牲になったのではないか、本当にすいません、お気の毒でした、ということを碑面に刻んでその碑を長崎に贈りました。それを長崎市が原爆投下地のすぐそばに建てているんですね。

「惨憺《さんたん》たる災禍は、実は北九州市民が受けるはずのものでありました。地獄さながらの長崎市民の苦しみは、本来は、北九州市民のものであったはずです。多くの長崎市民が、多くの北九州市民に代わって亡くなっていかれたのです。お詫びとも慚愧《ざんき》ともお見舞いとも、何とも言いようのない、いてもたってもいられないこの気持ちを、長崎市民にお伝えしたくてこの碑を作りました」というのがその碑面の内容です。北九州の皆さんが素晴らしい碑を長崎の皆さんに贈ったこと、それを地域の子どもたちに聞かせて、「人間同士というものは、こうやって心の橋渡しをしてきたんだよ」という話をしてあげたらどうでしょう。

私は、この碑文を読んだときにある言葉を思い出しました。おそらく皆さんもご存知の方が多いとは思いますが、二行の短い言葉です。

自分の幸せの日に、人の不幸を忘れない
自分の不幸の日に、人の幸せをうらやまない

私は随分と年をとってから、この言葉に巡り会いました。これは、人間の心の置き所とでもいえるものではないでしょうか。

人間という存在を疑うのは野暮《やぼ》なこと

自分の子どもを殺してしまうとか、急に刃物を持って襲い掛かるとか…。大阪の池田小学校の児童殺傷事件以来、血なまぐさい事件が次から次へと起こりました。「日本はどうなってしまったんだろう?」ということを超えて、皆さんの間に、人間という存在に対して自信を失っている人が増えているのではないでしょうか。

柳澤桂子《やなぎさわけいこ》さんという生命科学者がいらっしゃいます。体を動かすことがほとんどできないような病気になって、その中で、一所懸命に病と闘いながら勉強を続け、とうとう奇跡的に治ったという女性です。この方が、よく若い人に向かって「人間、人間なんて威張っちゃいけませんよ」と言うんですね。

人間の脳というのは四つの層でできているそうです。一番下の層は、ウニやイワシの脳みそと同じ構造で、その上にあるのが、ヘビやワニやトカゲといった冷血動物、は虫類の脳と同じなんだそうですね。その上にあるのが、サルやウサギやネコといった温血動物の層で、一番上に人間の層、大脳の組織がのっているんだそうです。つまり、四段階の脳の性質を持った組織があって、そしてそれが、人間の自制心といいますか、心の働きによってワニが出て来たり、ウニが出て来たり、ウサギが出て来たり、ネコが出て来たり、あるいは、神様に近いような脳が出て来たりするんだそうです。ですから柳澤さんは、生命科学をやっている若い学生諸君に、「みんなねぇ、あんまり飲むとワニになるよ」とおっしゃっているそうです。このように身近にとらえることもできますが、しかしこれは、地球社会全体の問題のようでもありますね。

外国旅行でご覧になった方もおありかと思うのですが、バチカン宮殿に行きますと、ラファエロの描いた『アテネの学堂』という絵が展示されています。その絵の中央、向かって左にプラトンが、右にアリストテレスが描かれていますが、プラトンは天に向かって手を挙げ、アリストテレスは手のひらを水平に出しています。つまり、手を水平に出しているアリストテレスは、「世の中にはいろいろな存在が水平に並んでいる。多様である」ことを表し、それに対してプラトンは、それを認めながら「人間というのは、何か統一を目指している」と手を挙げている。つまり、多様化と統一化、二つの相反する力学の方向ですね。いつでも人間は「何とか一緒にしたい」という統一体を求めながら、「みんなが多様に生きている」という観念を持ちたい。これが人間の宿命なんだというわけです。

そういうことを考えますと、人間の存在を疑うようなことは野暮、そんな風に思えてくるのではないでしょうか。そうかなと、一晩考えるのもいいでしょう。

自分で価値を見つけだす

「スポーツの秋」です。国体や運動会があります。野球好きの人にはたまらない日本シリーズも秋ですね。

野球選手の中には、いろいろな人生教訓を残していった人がいるように思います。面白いことに、教訓めいたことを言った選手、あるいは教訓めいた言葉というのは、意外に残らない。残そうと思って残した言葉というものは、どこか薄っぺらなところがありますが、選手が本当に自分の野球歴の中から、体でもって語った言葉というのは印象が強いですね。野球選手だけではありません。歌舞伎役者もそうですし、小説家も政治家もそうです。

稲尾和久《いなおかずひさ》というピッチャーがいたのをご存知でしょうか。最近、日本経済新聞で『私の履歴書』という三十回の連載をなさいました（二〇〇一年七月一日〜三十一日）。「神様、仏様、稲尾様」といわれるくらい、連戦連投、立て続けに投げ続けたピッチャーなんです。

稲尾投手は、西鉄ライオンズ（今の西武ライオンズ）に入団し、下積みからプロ生活が始まりました。バッター用のピッチャーだったんです。その当時の西鉄には、木下弘や中西太、豊田泰光といった、名うての強打者が並んでいました。これらの選手に対して、毎日三百球から四百球投げることが仕事だったんです。そのうち、ストライクはもちろん、ボール球も投げなければいけない。それによって、バッターはストライクが来たら球を飛ばす、ボールが来たら見送る（つまり、ボール球を見極める）ということだったんですね。

毎日毎日、四百球を投げさせられるのは若いとはいえ大変だったでしょうが、あるとき彼は、「そうか。ストライクはベースの上をちゃんと通らなければいけない。あとの球はボールだから、どんな球でもいいんだな。だったら僕の球を投げよう」と考えたんですね。ストライクだけでなく、ボール球を投げることで、彼は制球力を身に付けたといいます。これは大変なことですよ。

普通だったら、四百球も投げさせられたら「人間は機械じゃない」とか「そんな非人間的なことができるか」といった批判になりますよね。あるいは、「退屈だ」ということになると思うんですよ。ところが、自分の仕事の中に、自分で価値を見つけてしまう男がいるんですね。

つまらなくても仕事を面白くする、捨てたものでも活かして使う、古ぼけた部屋でも新しい風が入ってくるようにする、というわけです。こんなご時世ですからぜひ覚えていただきたいのですが、これを前にお話しした人の気付かなかった利益、「天下の遺利」というんですね。

無駄があるのが本当

夏野菜が八百屋さんの店頭に売り出され始めました。私は、やはりハウス園芸の野菜と露地で育った野菜というのは、何か顔つきが違うように思うんです。「顔つき」って変でしょうか？　ナスを見て思ったのですが、皆さんもご存知のように、昔から「親の意見となすびの花は、千に一つの無駄もない」という都々逸《どどいつ》がありますね。これが本当はうそで、実は無駄があるのだそうです。しかし、もともと自然というのは無駄があるのが本当なんですね。というよりも、自然ぐらい大きな無駄をして、そして良いものをつくっている、そのスケールの大きな命の連関とは大変なものですね。

例えば私たちの脳神経の回路を考えてみますと、これは実は、八五％が消えていき、残った一五％の回路が働いているそうです。それから免疫細胞。この免疫のシステムも、実は生まれたときから九〇％以上が消えていって、残った一〇％の免疫システムが、いきいきと私たちに免疫の機能を与えてくれているのだそうです。

お母さんのお腹の中にいる胎児のころ、赤ちゃんは握りこぶしをしています。この握りこぶしは、一つの肉塊なんですよ。一本一本離れていないんです。そしてお腹の中で育っていくにつれて、いよいよ出産、世の中に出る直前に、指と指の間の細胞が「では、私はこの辺でおさらば致します」といって、細胞が消えていき、五本の指は隙間ができて、人間の手になって出てくるんですね。

これはちゃんとそのように遺伝のプログラムの中に、細胞自身が自然死（アポトーシス）をしていくということが書き込まれているんですね。それで赤ちゃんというのは、握りこぶしからちゃんと指が五本揃った手になって出てくるということなんです。本当に驚きました。

世間一般には「無駄の効用」という言葉で語られていますが、もう少し丁寧にいうと、「効用」を考えての「無駄」ということじゃないかと思います。ですから、人のしている仕事とか使い勝手の品物によく目を近づけてご覧になってみれば分かるように、はじめから品物のメカニズムに「ゆるみ」や「あそび」があるのです。この部分があるので落ちたときのショックが吸収されたり、力が逃げたりして、品物はゆがんだりしないのです。

ああ、そうそう。若い女の人は着物をきゅうきゅうに着るので、歩きはじめると着くずれがしはじめます。着物の中の身体の動きの計算をしていないからです。着慣れた人の着付けは身動きがゆっくりとできるように、そのぶんだけ着物と身体の間に「あそび」のある着付けをする。人生、知恵です。知恵はゆとりです。この際、ゆとりはあそびではないことを、ぜひ子どもたちに伝えてやりたいと思います。

経験の積み重ねで大人になっていく

静岡県内の企業を経営している方々の団体から、講演の依頼がありました。その講演のテーマが、何と「父親を子どもたちの教育に参加させるにはどうしたらよいか？」なんですよ。「教育に父親がどうやって参加するか」という前に、「なぜ父親が参加しなければいけないのか」ということを申し上げたいと思います。テレビをご覧になったり、新聞をお読みになったりしてご存じかと思いますが、全国紙の新聞記者が下着泥棒をやったり、東大生が女子トイレを撮影したり、高級官僚が汚職をやったりと公私の区別がございませんね。こういう現象の底にあるものは何かといいますと、なかなか大人になりきれない大人がいるというわけなんです。「幼児化現象」といって、男も女もいつまでも子どもっぽいんですね。

人間の大脳の中には前頭連合野というところがあるのですが、そこは判断や決定、創造という、言ってみれば人間の高級な理性活動を束ねる部分です。他人の心を理解する能力とか、逆に自分の感情をコントロールする能力もここで培われます。「幼児化現象」はそこが発達していないということなんです。この能力は、普段の勉強というよりも、自分の経験を積み重ねるということがとても大切なんですね。

このことについてのすてきな詩を発見しました。宮沢賢治《みやざわけんじ》が昭和二年に作った「稲作挿話」という詩です。（『宮沢賢治詩集』）白凰社、1970年より一部を抜粋）

これからの本統《ほんとう》の勉強はねえ
テニスをしながら商売の先生から
義理で教はることでないんだ
きみのやうにさ
吹雪《ふぶき》やわづかの仕事のひまで
泣きながら
からだに刻《きざ》んで行く勉強が
まもなくぐんぐん強い芽を噴《ふ》いて
どこまでのびるかわからない
それがこれからのあたらしい学問のはじまりなんだ

結局、集団の中で人と接しながら暮らしていく。だれでも自分の優れた遺伝子を残したいけれども、そのためには人と協調しなければいけない。良い人に巡り逢わなければいけない。自分のわがままを我慢しなければいけない。宮沢賢治は、まだ遺伝子という言葉がそれほど一般的ではなかったころに、すでに見事にそこを突いているんですね。

一所懸命生きよう

北海道斜里町に住んでいた鈴木《すずき》章子《あやこ》さんという方が、がんにかかり四十七歳で亡くなられました。章子さんの作った「おやすみなさい」という詩があるんですよ。こんな詩です。

「お父さんありがとう
またあした
会えるといいね」
と手を振る
テレビを観ている顔を
こちらに向けて
「おかあさん　ありがとう
またあした
会えるといいね」
手を振ってくれる
今日一日の充分が
胸一杯にあふれてくる

（鈴木章子著『癌告知のあとで』探求社、１９８９年より）

「今を生きる」ということを、「而今《じきん》」といいます。これは、いわゆる日本文化の精神の底にあるものなんですね。今をいかに大事にしていくか、いかに粗末に扱わないか。そうはいっても、時には「こんちきしょう！」と誰でも思います。そこは忍耐ですね。忍耐を積み重ねていくと練達の人になるんだそうです。人にはいろいろな生き方があるけれど、自分の体の中をいつでも涼しい風が吹いているような生き方をしたいと考えるようになる。すると、忍耐が練達に通じてくる。そして、練達は希望につながるというんです。ですから、艱難《かんなん》は忍耐をつくり、忍耐は練達をつくり、練達は希望をつくるというわけなんです。

艱難から希望に至るまでの言葉は、実は聖書にもあるんですよね。そうしますと、キリスト教あるいは仏教といったそれぞれ確立された思想体系がありますが、人の生き方というテーマでスッと横をつないでみると、随分と同じ考え方があるものなんですよね。

一所懸命に仕事をして、「ああ、どうにか切り抜けた。よく頑張ったな」と思う自分がありますす。そのときはそれで終わってしまうけれど、三年なり五年なり経ってある経験をしたときに、「ああ、そういえば三年前にこういうことがあったな。こういうときはこうすれば大丈夫だな」といって、案外次の艱難をすらっと乗り越えてしまうことができるものなんですね。ですから、「上手に生きよう」ではなくて、「一所懸命生きよう」とする人が、結局うまく生きられるのかもしれませんね。

「貰う」ことより「あげる」ことが大事

この間、イタリアのラベッロというところへ行ったんですよ。南イタリーの静かな山村なんです。部屋が十六室しかないホテルに泊まっていましたが、そこでも花火大会をやるんです。よくよく考えてみたら、人を楽しませる要素がなければ、私たちの生活というものは成り立たないんですね。

その点で、すごい話だなと思ったことがあります。金沢に大乗寺という禅宗のお寺がありまして、昔、月舟禅師という大変に優れた禅の和尚さんと、祖暁という小僧さんがいらっしゃいました。月舟さんが「おいおい、お茶をいれておくれ」と言うと、「はい」と言って祖暁さんが持ってくる。そのお茶がおいしいんだそうです。とうとう「おまえがいれてくれるお茶は格別においしいけれど、何か工夫をしているのかね?」と祖暁さんに聞きました。するとと祖暁さんは「はい、一味を入れております」と答えるんです。「ほぉ、その一味とは一体何を入れるのかね?」と聞くと、「『親切』という一味を入れております」と答えるんですよ。言うまでもなく、飲みやすい温度と濃さでお茶をいれるということなんでしょうね。

これは日本だけの感覚ではないんですよ。もしお読みでなかったら、ぜひ声を出して子どもさんたちに読んであげてほしいのは、何といっても『星の王子さま』(サン・テグジュペリ作、内藤濯訳、岩波書店、1962年)です。この本の中で、友だちになったキツネが、王子さまに「あんたが、あんたのバラの花をとてもたいせつに思ってるのはね、そのバラの花のために、ひまつぶししたからだよ」「人間っていうものは、このたいせつなことを忘れてるんだよ。だけど、あんたは、このことを忘れちゃいけない。めんどうみたあいてには、いつまでも責任があるんだ。まもらなけりゃならないんだよ、バラの花との約束をね……」というんですよね。

結局、ここでサン・テグジュペリは何を伝えようとしたかといいますと、「友だちになる、仲間になるということは、お互いにこの世の中のかけがえのない人になるということだ。そうなるためには、かけがえのない人というものを自分がつくらなければいけないんだ。相手に尽くすことがかけがえのない人になるんだ」というわけですね。

自分に何かをくれる人、自分のためにいいことを言ってくれる人がかけがえのない人なのではなくて、自分が何かをあげたり、自分が何かの忠告を与えたり、「こういう本を読んだ?」と言って教えてあげたり、「この音楽を聴いた?」と言ってCDを貸してあげたり、そういう人がかけがえのない友だちになるんですよね。

ところが、今は逆でしょう。何でも「欲しい」なんですよね。本当は、「貰う」のではなく、「あげる」ということの方が、人生の色合いとしては深いのではないでしょうか。

3　父と母へ

夏休みの父の背中

夏休みというと、思い出すのは海の中の父親の背中です。父は真鶴の出身で、泳ぎが非常にうまかった。ところがその泳ぎたるや、かんかい流といって小田原藩の侍が泳いだ泳ぎ方なんですね。私がそのかんかい流で泳ぐんで友人たちは笑うんです。しかし「武士の泳ぎ方を教えてやる」と言うと、シーンとして私の泳ぎを見てるんです。楽しい夏休みでした。

夏休みに入ったところで、お父さんお母さんにお願いがあります。お子さんと接する機会が非常に深く広くなってくると思うので、その時間を大切にしていただきたいんです。

父や母を描いた本で私が最近読んだ本に、日本経済新聞の元記者で論説委員をやっておられた石田修大さんが、父親の石田波郷さんのことを書いた『わが父波郷』があります。無駄のない文章で、淡々と出来事だけを綴った中で、結核に悩みながら素晴らしい句を作った一人の俳人の姿を見事に書き描いています。父親と著者との間にはあまり交流がないのですが、それだけに父親の眼差しや言葉、時には咳払いさえ覚えているのです。お父さんやお母さんが何気無く言ったことが、子どもには大きなメッセージとして心の中に突き刺さって、それが傷であったり潤いであったり、子どもの一生を決定する材料であることには間違いないですね。

川上哲治さんは年配の方でないとご存じないでしょうか。読売巨人軍で監督をされ、いわゆるV9を遂げた人です。現役時代は、入団してから引退するまでジャイアンツの選手で、一塁を守り、背番号は16、毎年リーディングヒッター。熊本県出身の素晴らしい男で、寡黙で、座禅を組んだり石を磨いたり、もっぱら自己形成に努めた人です。

川上さんも父親のことをエッセーに書いています。熊本にも浜松と同じように凧揚げ大会があるそうです。哲治さんが少年から青年になりかけの時に、広場で凧を揚げていると糸がほつれてしまいます。気が付くと後ろに父親がいて「かしてごらん」と言って、一所懸命に糸をほどこうとする。お父さんは長いこと、複雑に絡んだ糸と格闘しています。哲治さんがたまらず「お父さん、もういいよ。帰ろうよ。凧糸は家にたくさんあるし。それはそれで切って、真っすぐな所だけつなげばいいじゃないか」と言うと、父親が振り返って「いったん取り掛かった仕事は、なし遂げなければ男じゃないんだよ。よく覚えておけよ」とだけ言うんです。黙々と小一時間かかって糸を真っすぐにし、凧はもう一度揚がったそうです。

川上さんは「私は青い空を見ると、いつでもまず凧を思い出す。それから父親の『男はいったん取り掛かった仕事を最後までやり遂げなければ男とは言えないんだよ』という言葉を今でも思い出す」と書いていらっしゃいます。その後、川上さんは戦争に参加され、戦野をさまよい歩くのですが、お父さんの言葉は忘れなかった。「空」と「凧」と「父」という三つの風景が、川上さんの人格形成にとって大変な材料になっているんだなぁと思います。

父親の原形＝恐れ・尊敬・対抗・超越

運動会の季節です。子どもの時に秋の青空にドンドーンと花火が上がりますと「あっ、今日は運動会をやるんだ」なんて、朝からドキドキしてたものですね。今の学校はたいてい校庭がコンクリートで固められていますが、昔は地べたですよね。運動会の日に、地べたにむしろを敷いて座って、お母さんが重箱にお弁当を作って来てくれる。だいたい野菜の煮しめや卵焼きが入っていて、海苔巻がおいしいんですよね。お昼になるとその父兄の席に行ってそれを食べてね。めったに来ない親父が来てるんですね。

これが、うれしいのと恥ずかしいのと怖いのと、三つくらいの複雑な心境なんですね。どうしてお父さんというのは、いつでもそういう感じがするのでしょうか。

フロイトという心理学者が、父親はウルファーター（原父）だと言っています。子どもが成長するにつれて、恐れ・尊敬・対抗・超越の対象になる存在だと。

最初はやっぱりお父さんて怖いんですね。いるだけで怖い。その次は「うちのパパすごいな」「大人って偉いな」と尊敬の眼差しを投げる相手、そして子どもが成長してくると「もう親父には負けない。俺だってできる」という対抗心が起き、最後に「親父を越したい」という、この恐れ・尊敬・対抗・超越というのは子どもとしてだれでも持つんですね。それを、「子どもが反抗期に入った」「生意気を言っている」「親に向かって何だ」なんて思ってしまうと断絶が始まるんですよ。「ああ、こいつも成長してきたな」と、そういうふうに見ていくのがお父さんですね。

　神宮皇后神社という神宮皇后を奉る神社があります。宮司の宮崎義孝さんという方が亡くなる時に、息子さんと交わしたやりとりがあります。冷たい手を息子の胸の中に入れて「俺は、もうお前と長いこと話ができない。お前に三つ言い聞かせることがある。第一は俺が死んでも神様が必ず見守ってくれる。第二は村の方々がお前を励まし助けてくれる。それに答えるんだよ。第三は、死んで体がなくなっても俺の心はお前のここに住み着くよ」と言って、冷たい手を伸ばして息子の胸元をトントンとたたきます。「だから寂しがるんじゃないよ。父はここにいるからな」。そう言って間もなく亡くなったという話です。

　黙って亡くなっていく父親もいるでしょうが、言葉に出していないだけの話であって、やはり家族の平安を願い、みんなにありがとうという感謝をし「俺はいつまでもお前たちを守ってるぞ」という気持ちを持っているのではないかなという感じがするんですね。これがやっぱり父親の原形みたいな感じを私は持つんです。

フロイト（１８５６～１９３９）＝オーストリアの精神医学者。精神分析学の大系を樹立。パーソナリティは自我・超自我・イドの三要素からなると提唱した。

生き方を通して父を知る

ミッドウェー海戦で『飛竜』という航空母艦に乗っていた山口多門という海軍の名提督がいました。『飛竜』はアメリカの魚雷を受けて沈没するのですが、艦長は自分の体をマストに縛りつけて船と一緒に沈んでいくのが礼儀です。部下に「お前たちは海に飛び込め。早く逃げろ」と言って、ご自分は『飛竜』とともに海底に沈んだ人です。今日五十年以上たって、息子の山口宗敏さんという方が『父の事』という文を書いています。艦隊勤務が多く一年のうちに十日か十五日くらいしか家にいなかったけれども、船の上から、あるいは港から葉書を一枚ずつ子どもたちにくれたというんですね。読み返すとどの葉書も「お国のためになる人になりなさいよ」と書いてある。軍人になれとか偉い人になれとは一行も書いてなかった。最後までお国のためになれ、社会のために役立つ人間になれと書いてあったというんですね。

大西瀧次郎もそうです。海軍中将で特別攻撃隊を出したことで、戦後は特攻の生みの親と名付ける人がいました。私は大西瀧次郎さんの生涯を三年もかかって調べて書きましたが、決して生みの親などではなく、貧乏くじを引いて全部罪を一身にひっかぶって亡くなっていったんです。だから遺言のようなものがあります。「我が声価は　棺を覆うて　定まらず　百年の後　知己また無からん」。私のことを知ってくれる人は百年たってもいないだろう、しかし若者を特攻に出さざるをえなかったんだという、悲しみをいっぱいに秘めた遺言です。

その大西さんが中将の時に、毎朝、海軍省から車が世田谷の家に迎えに来て、近所の人たち、子どもたちも出て来て見送ります。大西さんは子どもたちの頭を一人一人なでて「正しい人になるんだよ」と繰り返し言ったそうです。中にやんちゃ坊主がいて「このおっちゃん、いつでも『正しい人になれ』と言って『偉い人になれ』って一回も言ったことがないな」と言ったんですね。すると大西さんが「よく気が付いたね。正しい人にはなれるんだよ。偉い人というのは人がならせてくれるものなんだ。だからおじさんは偉い人になれとは言わなかったんだよ」と教えるんですね。

こういう父親の「社会のお役に立つような人間になれよな」とか「正しい人になれよな」という情報を、人格形成の初期に与えられた人間は大変幸せではないかと思うんです。

俳人石田波郷さんに、「つばくらめ　父は忘れて　あこ伸びよ」という句があります。

父親というのは自分の居場所を自分で決めている。それを子どもは知らない。父が亡くなって、息子が三十年かかって考えてみると「自分の筋道を生きてきた一個の人間であったな」という評価が生まれるんですね。それで初めて人間としての父親を理解する。血がつながっているから理解するのではなく、生き方そのものから理解できるんですね。ここのところが父親と息子、父親と娘の人間の理解の仕方の根本だろうなと思います。

参観会で私語を止めないお母さん

もうすぐ、新学期です。教育というものは出だしも大切ですが、私は、人間の成長にとって一番大切なものは、殊に子どもの教育にとって大切なのは「心の環境」だと思うんです。精神環境ですね。その「心の環境」というものを、家庭や学校の中でつくってやっているのでしょうか。私は、この頃自信がなくなってきたんです。

いろいろな教育現場の話をうかがいますが、先生たちの志気が上がらないんですね。先生のやる気がなかなか出ないんです。「今の父親や母親は、子どもを学校に預けてしまったら、後は野となれ山となれ。どう思っているのだろうか?」と感じることが多く、クサクサしてくるらしいんですね。

具体的なお話をしますと、授業参観とかPTAの日がありますね。お母さん方がワーッとやって来て、子どもたちが授業を受けている教室の横の廊下を、ガムをかみながらガヤガヤと通るのだそうです。「少し静かに通ってもらえないのだろうか。こういう親たちの元でこの子たちは育てられているのか」と思ったら、どんなに学校で躾《しつけ》めいたことを言っても、秩序について話をしても「空しいなぁ」という気になるんだそうです。

授業参観が終わりPTAが開かれると、校長先生や教頭先生が学校の教育方針について、子どもと親御さんと一緒にいるところで話します。すると、最初から最後まで母親たちの私語が止まないんだそうです。ゴソゴソゴソゴソと、その私語は成人式よりひどいそうです。「静かにしなさい」と言うと、子どもの方は静かにしているからキョトンとしています。母親たちはいったんは静まるけれども、二、三分もするとまた私語が始まるんだそうです。どこの学校でも見られる現象だと聞いています。

母親たちの私語が止まない事態は、不思議ではないんです。大学や短大、高校で私語をしていて、先生から「こら、静かにしろ」と注意をされたにもかかわらず、止めないで通ってきた娘さんです。それでも卒業できた。それでも結婚できた。問題はそこから先です。自動的、生理的に「母」になってしまって、「お母さんになったから人の話を聞こう」「私語は止めよう」なんてことは思わないんですね。自覚のない母親の元で暮らしている子どもに、学校で「きちんとしなさい」「静かにしなさい」とは恐らく言えないでしょうね。

しかし、これは今に始まったことではなく、人間というのはしょうがないもので、明治時代に既に森鷗外が「型の喪失」、現代というのは型が崩れたということを嘆いて書いているんです。戦後は、唐木順三という、長野県出身の勉強家であり清潔な文芸評論家が、近代社会の特徴として「秩序がなくても生きていける社会になった」という嘆きを書いていらっしゃるんですけれどね。

心身の美しい母親が子どもを伸ばす

矢吹先生という教育学者が、問題を持った子ども、それを抱えて苦労してらっしゃるお母さんの相談相手になっています。あるお母さんが、三歳児で言葉が全然話せない子を抱いていらっしゃった。先生が「ご飯はちゃんと食べるんですか？」と聞いたら「ご飯を食べさせると、かまないで舌でクルクル回してつぶして、どろどろにして飲み込んでいるんです」と説明します。矢吹先生とお母さんの話は続きます。「お母さん、この子はおっぱいを含ませましたか？」と聞くと「いや、私は母乳が出ないものですからミルクで育てました」、「どなたが育てたんですか？」と聞くと「うちのおばあちゃんに頼みました」と答えます。

「ああ、それだな」と思った先生は「家に帰って、お母さんが哺乳瓶でこの子にもう一度ミルクをあげてください」と言ったんですね。お母さんがその子を抱いて哺乳瓶であげだしたら哺乳瓶についているゴムの乳首をキュッキュとかむんだそうです。三週間しました。「もう、これでいいでしょう」とご飯を食べさせたらちゃんとかんで食べるようになった。一カ月しましたら「ママ」とちゃんと言葉を話せるようになったというんですよね。

つまり、育てるということは、人間として備えている能力を母親がきちんと見据えて、その能力を引き出せるようにさまざまな信号を、メッセージを子どもに送っていけばよいということなんですね。それは、「この子が大きくなったら何をしようか」「女優さんになってほしい」「お医者さんになってほしい」なんて、そんな小さな望みではなく、「この子の持っている人間的な内容というものを残らずのびのびと発揮させてやりたいな」でいいのではないでしょうか。そんな大きな物差しで一つの命に付き合ってほしいと思います。

そのためには、私は一つの命に付き合うだけの資格があるだろうか、と自問する。そこを出発点にして、自分を育てること。もちろん育児のノウハウは知らなければいけないのでしょうが、それよりもやはり「感性を磨く」とか「無駄なことは言わない」「大きな声を出さない」など、自分自身が美しいお母さんになるという訓練が必要なのではないかと思うんですよ。

最後に夫婦の話をしましょう。筋肉が全く動かなくなってしまった妻が、欲しい物を伝えるために作った「あいうえお」と五十音順に書いたボードの上を一つ一つ指でさして夫と会話をする。ある時、奥さんがニコッと素晴らしい笑顔で、五十音のところを「ありがと」とさした。その時の、夫である折笠義明さんの句があるんです。

「微笑みが　妻の慟哭　雪しんしん」

今まで自分に向かって笑ってくれたのは、実は、私に対して、あなたに迷惑かけてゴメンねという、あれは泣いていたんだという句なんですね。人生って深いですね。人間って愛《かな》しいですね。

父は「ろうそく」、母は「すりこ木」

「草柳さん、二十世紀の次に来るのは二十一世紀ではなく、新世紀です」。川田薫さんという水の大家が、こうおっしゃいました。「二十世紀に身に付けた価値観や振る舞い。そういうもので二十一世紀に入っていったら人類は破滅してしまう。ここで考え方を大きく切り替えて、地球と共生していくためには、自分の心や暮らしをどういうふうに改めるか。一国一国で、一県一県で考える。これから先、この地球上の生活を次の世代に伝えるためには、今の生活の中で何が間違っていたか何が正しかったか、それをしっかりと意識的に区分けして、その正しい区分けの中で生きていこうではないか。たとえ少しは生活が縮小されてもね」と。私は「全然異論はございません」と申し上げておきましたが。

年末になるといつも「すりこ木」と「ろうそく」の話を思い出します。

福井県の永平寺に行って参りました。大きな山門があって、そこへ修行をしようといういわゆる仏教系の大学を出た、あるいはインド哲学科を出たお坊さんが、初めて入門を請いに来ます。雪が深くて、しかも入門を受け付けるのが二月の最中です。雪がしんしんと降る中に二時間も三時間も立ったまま「お願いします」と待っているんですね。ようやく入門を許されると、山門を入ってすぐ右側に大きな「すりこ木」が下がっています。長さが八メートルもあって、当たり鉢に当たるところの周りが一メートルあるんですね。そこで聞かれるんです。「何のためにすりこ木が下がっていると思うか？　お前の考えを言うてみ」と。分からないですよね。今までお坊ちゃんで暮らしてきて、大学まで親に出してもらったんだから。「これが分からんのか。すりこ木というのは身をすり減らして人においしいものを届ける道具だ。禅というのはそういうことだ。自分の身を削って人のためになることだ」と教えるんです。

もう一つ、別のお寺に大きなろうそくがあって「何のためにろうそくがあるか」と聞かれます。「暗いところを照らすためでしょ？」と答えると、「馬鹿！　ろうそくというのは、自分の身を溶かしながら世の中に光を投げかけるものだ」と言うんですね。

つまり、人間の存在というのは、ろうそくやすりこ木の役割を持っているというわけです。お母さんは、何も「おいしい物を食べさせてやろう」という意識はなくても、やっぱり自分の子どもに「おいしい」と言われたらうれしいでしょう。お母さんの要素は、すりこ木なんですよね。

お父さんの一つの要素はろうそくなんですね、働いて働いて自分のためにぜいたくをするわけでもないし、安楽の思いをするわけでもない。子どもの大学入学の資金を出してやったりするんじゃないですか。そして時々、人間として大切な事柄を投げかける。それが光ですよね。これは深いな、と感心したんです。

カーッとなったら鍋を磨け

お母さんは、身を削っても子どものために尽くす「すりこ木」の役割をしながら、なぜ感謝されないんでしょうね。お母さんらしくないことをしてしまうからかな。

そうです。お母さんは怒るんです。怒らない親というのは気味が悪いので適切に怒らなければなりませんが、女性は往々にして感情にまかせて怒ってしまいがち。自分の子どもに向かってカーッとなってしまうんですね。ある教育学者が助言しています。「ああ、怒りそうだ」と思った時にクルッと後ろを向いて台所に入って、鍋ややかんを磨く。するとフッと気持ちが直ってくるというんです。

それで「今日はうまくいった、感情を抑えられた」と思ったらカレンダーの隅に○印を書く。思わず怒ってしまったら×印を書く。やがて子どもがそれに気付いて「お母さん、これは何？」と聞きます。「あんたを怒ろうと思った時、感情的な自分を抑えることができたのが○。感情であんたを怒っちゃった日が×なんだよ。あの時はごめんね」と話す。手もつけられないような悪ガキが「ごめんね、母さん」と飛びついて、わんわん泣いたという話があるんですよね。いい話ですね。ほんのわずか、感情の手前で踏みとどまったか踏みとどまらないか、それだけで子どもにとって敬愛できるお母さんになるんですね。

お父さんにもあるんですよ。京都の日本海側の漁村と青森県の黒石という町とに似たような話があります。『お父さんの作文』という中に出てくるんですが、家に帰ってお風呂に入って「やれやれ今日も終わりだ」とくつろぐ一時。「おい美代子、ちょっとたばことライターを取って来てくれ」と言ったら、中学三年生の美代子さんが開き直って、「お父さんは普段から『自分のことは自分でしろ』と言ってるのにどうして自分で取りに行かないの？」と答えた。世間の親でしたら「馬鹿！　俺は疲れてるんだ。お前たちを育てるために、会社で嫌な上司に頭を下げ、嫌な客に文句を言われても頭を下げて耐えて家に帰ってきたんだから、たばこくらい取れよ」と頭ごなしに言ってしまうんですよね。その時にお父さんが「ああ、そうだったな。ごめんごめん。これからはお父さんも自分のことはちゃんとやるよ。その代わりお前もやるんだぞ」と返す。お父さんと子どもが同じレベルの視線になる。同じ水平線に二人の目が置かれるというんですね。このお話を書いていたのは教育者の森信三先生です。森先生は「親だから偉いんじゃなくて、偉い親だから偉いんですよ。子どもにとって偉い親になったらどうですか？　偉い親というのは、お金をたくさん稼ぐとか地位が高いとかではなく、まっとうなことを言ってまっとうな動作をしている。そういう親のことです」とおっしゃっています。偉い父親・偉いろうそく、偉い母親・怒らないすりこ木。これが、おそらく子どもの学校における態度にも大きな影響力を持ってくるだろうと思うんですね。

成人の日と父親像

一月十四日。この日は女正月という行事があるのをご存じですか。女の人はお正月に働いてお客さんの接待でくたびれている。だから「この日から何日間は休んでもよろしい」ということに昔からなっていたようです。静岡県と鹿児島県では、十四日から二十日までが女正月だそうです。十五日が成人式。小正月（十五日）を機に、男は成年戒、女は成女戒と言って、元服とは別にした「一人前の大人として扱う」という風習があったんですね。それをもとにして、一月十五日を成人式にしたらしいですね。

昭和三十二年（一九五七）の成人式で、皇太子様（今上天皇です）が初めてラジオ放送されています。この年は戦後の第一回目の不況でして、生産はうんと縮小されてしまうし、どんどん失業者は出るしで大変な年でした。その時に、当時の皇太子様が成人の喜びについてお話になっているんですね。それだけに、当時は「自分の子どもが成人式を迎えた。社会の一員として迎えられる日なのだ」と両親は心の中で特別な思いを持ったようです。殊に父親が「いよいよわが息子、わが娘も社会人になったか」というのがあったらしいですね。

野村藤四郎という俳人に、私の大好きな句があります。「足袋清く　成人の日の　父たらん」。わが子の成人に当たって、他の人には気が付かれない、白い足袋に履き替えたり新しい足袋を下ろしたりする。その当時の父親の、少しばかり厳粛な思いがうかがわれます。

「お父さんというのは何だろう？」という、最近、ある調査結果が出たんです。子どもはお父さんをどう見ているかというと、第一位が「家族の安全を守る人」で五三％、第二位が「収入を得て家族を養う人」で四五％、第三位が「必要な時は子どもをきちんと叱る人」で四〇％なんです。

お母さんは、お父さんをどう見ているか。第一位は、子どもが挙げた第三位が第一位にきて「必要な時は子どもをきちんと叱る人」で六八％、叱ってほしい人なんでしょうね。第二位が「収入を得て家族を養う人」で五八％、第三位が「家族の安全を守る人」で三八％です。お父さん自身はどう考えているかというと、第一位が「収入を得て家族を養う人」で六一％。「何たって経済が先だよ」なんてやはり男の考えですよね。第二位が「必要な時は子どもをきちんと叱る人」で五八％、第三位が「家族の安全を守る人」で五五％でした。

この調査の結論は「なるべく優しい父親と思われたい」というのが、一番多いお父さん像なんです。お母さんのお父さんに対する父親像というのは「ちゃんと権威を持った人になってください」でした。お父さんの方は「優しくしていこう。あまり偉ぶって父親の権威を振り回したくない」、お母さんの方は「ちゃんと父の権威というものを家庭の中に確立してください」ということなんですね。

跳び箱五段までもうちょっとだね

クリスマス、お正月、それぞれの心の立て方で祈っていいんですよね。除夜の鐘で、百八つの煩悩を祓ってもいい。静岡に住んで初めて教わったんですが、茶という字は十が二つ、その下に八十八と書く。足して百八、つまり煩悩を飲んでさっぱりするのだと。うまいこじつけですね。これも、一つの「それぞれの宗教」ということかもしれません。親子の間にもそれぞれの宗教、価値観があると思います。前からお話しておりました森信三先生の『子供の作文から』というエッセイから考えてみましょう。

森先生は立腰教育を提唱した人です。腰の骨をキチッと立てると、血液の循環がよくなって集中力がつく。集中力がつくことで先生や親から言われたことが早く理解できる。それを実現する意志も生まれるといって、善の循環というのが始まるんですね。

さあ、読んでみましょう。「おばあちゃんが『信子、良い点を取ってきたか？』と笑いながら言った。私は『下がっちゃった』と言った。すると『お前は子守りだからできなくたっていいだ。百姓の子にするだからいいだ』と笑った。『母ちゃん、通信簿を見せてやろうか？』と母ちゃんに言ったら『いいよ。お前の通信簿なんか見ると腹が立つばっかりだ』と言って畑へ出かけて行った。」という作文です。

「随分と冷たい親子だな」とお感じになる方もいるでしょうけれども、何か、農家の必死になって一所懸命に生きている親子関係というのがよく現れているのではないかという感じがするんですよね。森先生もそういう風に評価されています。

もう一つ読んでみます。「『お母ちゃん、高跳びで一番だったよ』と言ったら『おめえおてんばだなあ』母は無表情にたった一言だった。たった一度でもいいから『おめでとう』と言ってくれたら、私の心は小躍りするだろうに。」

ほめるとかくさすの問題ではなく、目と目を向き合わせてほしい。話しかけたら返事をしてほしい。そういう単純なメッセージを子どもは送っているんじゃないかなってことですね。「『お駄賃をおくれ』と言ったら母ちゃんから叱られた。母ちゃんは私がかわいくないのかと思いました。あんな母ちゃんでなしにもっと怒らない母ちゃんの方がいいと思った。そやけど、違うお母ちゃんやったら恥ずかしいやろと思いました。」

これですよね。ここに、子どもの方が、母親の心に縋《すが》り付いていくという面が見えますね。

突き放すばかりでは子どもは育たない。しかし、ほめるのにも工夫がいります。森先生はこんな例を挙げています。「母ちゃん、跳び箱ができたよ」と言ったら「良かったね」と言ったほかに、「何段が跳べたの?」と聞く。例えば「四段だよ」と子どもが答えたら「五段までもうちょっとだね」と言う。森先生は、その一言が子どもをグッと引き上げるというんです。

わが家のカレンダー

押し迫りましたね。十二月もあと二週間になりました。年賀状の準備がありますね。もう一つはカレンダーじゃないでしょうか。よそからいただく方もいらっしゃるでしょうが、買い求めるのも楽しいですね。きれいな写真のものや、猫の好きな人用に猫の絵ばかり付いたものもありますね。

割合と多いのは教訓や格言が付いているカレンダー。例えば、相田みつをさんのカレンダーは一日一日素敵な言葉が付いていますね。三百六十五日、『論語』が出たり孔子や老子、そうかと思うとリンカーンが出てきたりと忙しいカレンダーもあります。それで、フッと発想したのですが「わが家のカレンダー」を作ってはいかがでしょう。一カ月に一つの言葉、十二個選べばいいわけですね。

愛知県の教育委員会が『子どもに語ろう。ふれ合い、語り合い、認め合い』という本を出していまして、その中に『伝えたい思い』というのがあります。読んでいましたら「あっ」と胸を打つ言葉があるんです。紹介しますとね、「『ねえ、お母さん』と言ったら『なあに?』ってこっちを向いてね」という言葉です。いいですねえ。

ささやかな日常の光景ですね。でも、ここから親子の何か、コミュニケーションなんていう軽い言葉ではなく、お互いの密度かな、密度が濃くなるんじゃないでしょうか。もう一つ、男の子の「わーい。『お母さん』と呼んだら一回で来てくれた」。これも実感がありますね。お母さんは忙しいと「なあに？」と振り向かないし、「お母さん」と呼んでも返事だけで来てくれないこともあるでしょう。けれども、カレンダーで「『ねえ、お母さん』と言ったら『なあに？』ってこっちを向いてね」というのを今月の言葉にするといいのではないかと思います。「ねえ、お父さん」でも通じます。

相田みつをさんのように人生の応援歌も必要ですが、「五知」のような短い言葉もいいですね。「難を知る」「時を知る」「足るを知る」「退を知る」「命を知る」。あと七つ加えれば十二になります。一カ月に一つずつ「今月は『足るを知る』の月だ。今月は『時を知る』の月だ」とやっていくと、「五知」の教えが身に付いてしまうのではないでしょうか。

日めくりで格言が出てくるというのも、これはこれで大切だし楽しいですよね。とはいえ、人間はそんなに守りきれるものじゃない。せいぜい一月に一つというのを原則にした「私のカレンダー」が適切かと思います。二〇〇一年、新世紀の初めです。お父さんのカレンダー、お母さんのカレンダー、そしてお嬢ちゃんのカレンダーも坊やのカレンダーもそれぞれ作ったって良いんですよね。家庭に三つも四つも、「私のカレンダー」があるというのは楽しいでしょうね。

子守歌は母と子をつなぐメディア

お母さんは、大抵、お乳をやりながら体を揺すって子守歌を歌います。「ねんねんころりよ　おころりよ　坊やは良い子だ　ねんねしな」と、これは江戸時代の歌ですね。最後に「でんでん太鼓に笙《しょう》の笛　おきあがりこぼしにふりづつみ」という一節があります。

これです。お乳をあげているときのお母さんの目と子どもの目の距離が大体二十五センチ。これが人間として初めて身に付ける明視距離です。それでお乳を飲ませる。母と子の関係は、明視距離とお乳につながれ、母親が最初に発するメッセージが詩であり音楽であったということですね。人間の最初の大脳の一番基底部にたたき込まれる情報としては、こんなにすごい情報はないはずですね。もう一生お母さんの顔を忘れないんですよ。

それで、いろいろな子守歌が生まれました。京都地方の民謡『竹田の子守歌』は私の好きな歌のひとつなので、調べてみたら驚きました。子どもの霊がお盆の迎え火に誘われて、お墓から出て家に帰ってくる。だけど、自分の家の戸が分からなくて、霊としてその辺りをユラユラ行ったり来たりしているうちにお盆が終わってしまって、それで送り火が焚《た》かれるようになる。その送り火に伴ってまたお墓に帰る。その間のさまよえる子どもの霊の悲しさを歌ったのが『竹田の子守歌』なんですって。

沼津市にもとても良い子守歌があるらしいですね。「この子のかわいさといったら、星の数、砂の数よりも多い」という内容だそうです。もしご存知でしたら教えていただけませんか。

いろいろな親子関係の乱れや崩壊が問題となっている今、「子守歌という素晴らしい親子の間のメディアがあるのだから、これを集大成して、日本の子守歌、世界中の子守歌を作ろう」と、西舘好子さんという方が『日本子守歌協会』を立ち上げ一所懸命に子守歌を集めていらっしゃいます。

西舘さんは、小説家で劇作家の井上ひさしさんの妻として文学活動を支え、一緒に「こまつ座」を結成された方ですが、後に離婚します。井上さんと別れたとき、雨の降る音を背景にして、三人の残された娘たちが公衆電話から電話をかけてきたそうです。「お母さん、子はかすがいっていうけれど、私たち三人もいてかすがいになれなくてごめんね」と先に謝るんですって。謝るのはほんとうは母親の方ですよね。「それを言われてもう涙が溢《あふ》れてきて止まらない。今でも子どもたちのその言葉を思い出すとやりきれない」とおっしゃってるんですけれどね。そういう一つのマイナスの経験も人を輝かせる材料になるんです。それで西舘さんは、子守歌協会をおつくりになったわけでしょうね。

―でんでん太鼓＝柄の付いた小さい鼓の形のもので、縁に鈴が付いたひもが垂れていて、振ると鈴が鼓の表面に当たって音がする。

人間形成という問題

今の母親の中には、どうやって愛情を表現したらいいかわからない、という人が随分といるようですね。愛情表現がわからない母親（父親も含めてですが）に、降る星の如く愛を浴びせられないで育てられた少年少女、殊に少年が、例えば電車の中で「ちょっと席をずらしてください」と言った人に対して、危害を加えてしまったりするんですね。

芸能レポーターの鬼沢慶一さんの事件もそうです。若者が二人で優先席に座っていたところへ、幼児を抱えたお母さんが乗ってきた。そこで鬼沢さんが「ちょっと席を替わってあげたら」と声を掛けたんですね。若者は無言で反発し、電車から降りていきました。その後電車を降りた鬼沢さんが、その少年たちに鉄の棒で殴られたんです。鬼沢さんは指の骨を折る大怪我をされました。

その後、この鬼沢さんという方は、どうして日本の少年はこうなってしまったのか、ということをご自分でまた取材されました。暴走族の少年に「君ならどうする？」と聞いてみたら、「俺なら駅を降りたら速攻で刺し殺すね」と言ったというんですよ。

「オヤジ狩り」だけでなく、野宿している人たちを攻撃する「プー太郎狩り」まであるそうなんです。私は驚いたのですが、「デリバリー狩り」をご存知でしょうか？　デリバリーとは配達の意味です。つまり、出前する人間を狙って、殴って怪我をさせて抵抗力を失わせたところで、持っていたピザやおすしやおそばを食べてしまうんですよ。すごいことをやるものですね。すし桶をかっぱらってすしを食べた少年が捕まったときの言葉が、「腹がへっていたから、すし屋かピザ屋かどっちでもよくて、先に来た方を狙ったんだ」だったんです。全然悪いと思っていないんですよ。こういう突発的な、抑制の効かない行動の原因がどこにあったかというと、結局、愛情というものを親と一緒に、家庭という空間の中でつくる時間が極めて少なかった、という環境なんですね。

そうすると、これは教育問題なんでしょうか？　私は、ただ単に教育問題として片付けるものではなくて、いわゆる人間形成の問題ではないかと思うんです。つまり、よく言われるように、父親母親が子どもを育てるレベルまで達しているのか、という問題でもあるのです。生きていくのに忙しくて子どもの方に割《さ》く時間が少なかった、ということもあるでしょう。しかし、自分だけの楽しく充実した世界、例えば、一日中パチンコをしたり、映画館のはしごをしたり、そういうことを許容する器が社会の中にできている。すると、結局はその人の人間形成という問題になるんですね。そこまで下りていくと非常に難しいんです。それは、そういう人たちとの会話がなかなか成立しないからなんでしょう。どうやったら、その会話を成立させることができるのか。それを二十一世紀でやってみましょう。

父とは生涯に三度叱りつける存在

東井義雄《とういよしお》先生という大変な指導者がいらっしゃいました。この先生が、六年生の理科の時間に、カエルを一匹ずつ捕まえて解剖をさせたんです。先生が教壇の上に立っていると、ヒソヒソと子どもたちが何かをつぶやいている声が聞こえる。「何を言っているんだろう？」と教壇から下りて耳を澄ますと、「カエルさんごめんね。カエルさんごめんね」と言いながら、カエルのお腹を子どもたちが開いていたというんですね。

「この『カエルさんごめんね』に対してどう答えてやるか。子どもたちが納得するように答えられるのが教師ではないかと子どもに教えられた」とエッセイの中で書いていらっしゃる。私は息を呑みました。こういう人が本当の教師なんだな、と思いました。

東井先生のお父さんは、貧しいお寺の和尚さんでした。生まれついてのお人よしで、他人の借金の連帯保証人になったために差し押さえをくらい、お寺の中のものをすべて持っていかれてしまったんですね。それでもお酒をやめないで、時々道で寝ていたんだそうです。先生はお父さんを起こして、その重い体を引きずってお寺に運んだけれども、どうしてもお父さんが憎めなかったそうです。その後、師範学校にお入りになるのですが、いよいよお父さんが、お酒の飲み過ぎで肝臓を悪くしてお亡くなりになるんです。その臨終のときに、「チチキトク」という電報を貰《もら》った東井先生は、深夜に十キロの道を自転車を漕いで駆けつけるんですね。そのときお父さんが目を覚まして、「わしこそ、幸せのど真ん中。こんな遠いところまでせがれが来るもんなぁ」と言った。それが臨終の言葉だったというんですね。「わしこそ、幸せのど真ん中」、ちょっといい言葉ですね。

また、升田幸三《ますだこうぞう》さんという将棋の天才がいます。この方のお父さんも村一番の飲み助で、その上に博打《ばくち》好きなんですよね。升田さんは、子どものころから将棋が強かった。そこで、家出を決意するんですね。それをお父さんに言うと暴れて怒られるから、墨をすって、細い筆を探してきた。お母さんが一所懸命に仕立物をして家計を支えているのですが、そのお母さんのものさしを裏返して、「日本一になるまで帰りません」と書いて家出をし、大阪に出てくるんですね。

教育者の森信三《もりしんぞう》先生が、「父とは生涯に三度叱りつける存在である」と言っています。一番目は、子どもが嘘をついたり、盗みを働いたり、弱い者いじめをしたときはこっぴどく怒れ。二番目は、人を裏切ったとき。友人でも、先生でも、社会の人でも、とにかく自分の子どもが卑怯な心から人を裏切ったときはこっぴどく怒れ。三番目は、母親に手向かったときにこっぴどく怒れ。この三つを挙げていらっしゃいます。また、「父は働いている姿をなるべく見せろ」と言うんです。これはいいですね。

父親が見せるべきもの

宮崎の杉田正臣さんという眼科のお医者さんが、『根』という雑誌を出版されていました。二百号以上出ていますが、その一ページ目には必ず『父』という詩が載っています。

父は初心を大切にした
父は自ら決めたルールを生涯守った
父は生涯早朝万歩神宮参拝をした
父は生涯腹八分を限度とした
父は生涯禁酒禁煙を断行した
父は生涯同じ時計を愛用した
父は生涯読書抄録を続けた
父は生涯同じ理髪店に通った
父は生涯同じ机の前に坐り日記を書いた（『根』七六号より）

やはり、お父さんが子どもに接している時間をお母さんと比べたら、おそらく四分の一か五分の一なのでしょうが、父親というのは、きちっとしたところを見せる、一度見たら忘れられないところを見せるんです。

父親はどういう役割を持っているのでしょうか。そして、子どもに対して何を考えているのでしょうか。まず、「五体健全であれ」ということ。それから「順応生育、年並みに育ってくれ」。「徳行善美、人格行動が潔くあってくれ」。「バランスが取れた発達をしてくれ」。そして、「学業勉励、前へ前へ進んでくれ」。この五つ。これが父親が実際に子どもに見せていくことであり、そして父親が子どものために祈っていることだといいます。「父の祈りは五つある」というわけです。

夫婦になるのは易しいが、父母になるのは難しい。夫婦は結婚さえすればなれるのですが、父母というもの、子どもを育てるためには、自分が育っていなければいけないですよね。授業参観というと、今はお母さんばかりがいらっしゃいますが、自分が育っていないのに母親になってしまうから、学生のときの癖《くせ》で、参観に来ても教室の後ろでペチャクチャと喋ってしまう。先生は授業がやりにくくて仕方がないんです。私は、お母さんたちに「私語をやめろ」とは言いません。それよりも、「お父さん、授業参観にたくさん出てください」と言いたいのです。お母さんばかりではなく、お父さんが授業参観に出るようになるとどうなるか。お父さんは授業中黙ってますよ。そして、お母さんたちが喋りだすと「シー」と言うでしょうね。それで初めて学校の中に、教室の中に清々《すがすが》しい空気が流れる。お父さん、ぜひ頑張ってみてください。

無言化社会の父親

教育問題というものは、実は学校だけでなく、お父さんお母さんのあり方、社会のあり方とも関係しています。そこで、社会のあり方について考えてみることも必要ですね。というのは、今の子どもたちは大変聞き下手になったといいます。それは、この社会の性質が「無言社会」になってきているからなんですね。

例えば、のどが渇いたというときに、「お母さん、お茶」とか「のどが渇いた」と言いますよね。ところが、今は百二十円を自動販売機に入れると、ゴロンと出てくるんです。音しかせず、自分は何も喋らないんですね。それから、ちょっとお金が足りないというときに、ひと言も口を利かないでも、自分の暗証番号さえプッシュすれば、お金が出てくるわけでしょう。お腹が空いたときには、スーパーに行って、買い物かごに食べたい物を入れ、それをレジまで持っていく。すると、「はい、いくらです」としか言ってくれないわけですね。

昔は、お店屋さんに行って「こんにちは」と入っていくと、「ああ、いらっしゃい。今日は何が欲しいの？」と聞かれました。その上に、今度はその店の主人が「おばあちゃんは元気かい？」などと言ってくれたり、「おたくのミーコはどうしてる？」なんて、猫の心配までしてくれましたよね。そこでコミュニケーションが成立したんです。しかし現在は、コミュニケーション、お互いに会話を交わす場面というものが、機械化されることによりだんだんと少なくなっていって、社会が「無言化」の方向に向かって歩いているという状況なんです。子どもたちが聞き下手になったというのは、聞く機会が少ないものだから、ついつい聞き方を忘れてしまうということなんでしょうね。

教育においてもう一つ重要な要素があります。それは、親子の接触時間の問題です。総務庁の青少年対策本部というところが、お父さんお母さんが平日一日で平均的にどれくらい子どもと接触しているかということを、日本とアメリカで比較したんです。すると、日本は、お父さんが三十分、お母さんが一時間という回答が多かったんです。アメリカは、お父さんが三時間、お母さんが六時間。差があり過ぎますよね。特にお父さんは、残業があったり、日曜日はゴルフなどに出掛けてしまう人が多いでしょう。お父さんとの接触時間が少ないということは、今の社会の変化というものを考えてみてもわかりますよね。つまり、最初に申し上げましたように、社会で会話が少なくなったということから、自分がメッセージを送ることはできるけれども、人のメッセージを聞く能力がどんどん低下しているんです。

家庭が教育の機能を果たしているかという問題を考えると、子どもにとって父の声というのはもっと必要なんですね。母の声ももちろん必要ですが、父の声をもっと聞かせてあげてください。

「知・情・意」ではなく「情・知・意」

『ハリー・ポッター』という童話を書いたJ・K・ローリングさんへのインタビューの本が出たんです（『ハリー・ポッター裏話』J・K・ローリング／リンゼイ・フレーザー著、松岡佑子訳、静山社、2001年）。これを読んでみて、ぜひ紹介したいと思う話がありました。先生についてのことなんです。

ローリングさんが中等学校に通っていたとき、授業中に落書きをしていました。それを見た先生は「やめなさい」とは言わず、「あなたは大変失礼なことをしている」と言うんです。そこでローリングさんは「でも、ちゃんと聞いているわ」と答えましたが、先生は「それでもやはり失礼です」と言うんですね。「やめなさい」ではなく、「あなたは私に対して非常に失礼なことをしていますね」という言葉を使える先生。私は素敵だと思いますね。強制命令だとそこで文章が切れてしまい、コミュニケーションが切れてしまう。しかし、説得だとそこから物語が始まるんですね。この説得ということが、私は大切だと思うんです。

文化勲章を受けた岡潔《おかきよし》さんという世界的な数学者がいらっしゃいました。「知・情・意」といって、「人間にとって必要なものは、知性と情緒と意思だ」という教え方があります。しかし、岡さんは「本当は違うんだ。数学をやっていて一番必要なのは『情』、情緒なんだ。だから『知・情・意』ではなく『情・知・意』というのが本当だ」とおっしゃるんです。なぜ「情」が必要かというと、全体と一緒になれるからというんですよね。

例えばお花見に行ったとします。「ああ、きれいだな」といって枝を折って家に持って帰る。すると自分だけの楽しみになりますね。枝を折ってしまうと、枝の先の花としか一緒になれない。ですが、「枝を折ったらかわいそうだな」「このきれいに咲いてる花を見る人がいなくなるな」と思い、折らないでその花を見ている。すると花全体と自分とがそこで一緒になるわけですね。つまり、花を咲かせている命そのものと自分が一緒になる。それが情緒だというわけです。それから「知」は、自分がどういうふうに物事を運んでいくか、そのための地図作りだというんですね。それは大きな目で見た場合、非常に良い地図が描ける。です から、「意」は、自分が描いた地図の上を、どういうふうに進んでいくかという意思ですね。ですから、「『知・情・意』ではなく、『情・知・意』だ」というんです。私は感心しました。

この夏休みに、お母さんやお父さんが、子どもと一緒に海水浴に行ったり、山へ登ったりすると思います。楽しく遊ぶというのもいいんですが、子どもさんがホテルや宿屋で騒いだりしたとき、ローリングさんの先生のように、「あなたは今、随分とみっともないことを皆さんにしているのよ」ということが言える、ただ優しいだけではない、毅然《きぜん》たるお父さん、毅然たるお母さんを心がけてみませんか。

子どものゴールを考える

若林繁太《わかばやししげた》さんという大変な教育家がいらっしゃいました。高校の校長先生をお務めになった方ですが、一九八五年に『教育よ、よみがえれ』（講談社）という本を出していらっしゃいます。その中に「子どもを非行にする十カ条」というのがあるんです。この十カ条を読むと、そのころから日本の教育は一斉に崩壊を始めたということが分かるんですね。読んでみます。（前掲書より抜粋）

一、子どもに学習を強《し》いること。
二、夫婦喧嘩は派手にすること。
三、不平はたゆみなく主張すること。
四、子どもを徹底して大切にすること。
五、夫婦は教育理念を違えること。
六、子どもの要求は何でも聞き入れること。
七、子どもの人格を常に評価すること。
八、子どもは勝手に行動させること。
九、常に子どもを他人と比較すること。
十、流行に遅れない子どもにすること。

どうしてこの十カ条にあてはまるようなことを、父親母親、殊に母親が言うようになったかというと、やはり、子どもをどういう人間に育てるか、という子どものゴールを親が考えたことがないからなんですね。子どものゴールを考える。それが家庭教育の基本なのにね。

第一は職分です。手に技を持つこと。「何か世の中に役に立つことをしたい」という子どもがいたら、その夢を叶えてやればいいんですよ。つまり、生きていくための技術なら何でもいいんです。問題は大学を出ることではないんですね。二番目は自己形成です。自己形成というのは、自分の意見を自分の言葉でハッキリと言えるような人間にすること。三番目は、他人に対する思いやりです。この職分と自己形成と他人に対する思いやり、この三つが家庭教育の基礎なんですね。

もっぱら学校教育の中で、進学体系の何番目に自分の子どもを当てはめるか、それがお父さんやお母さん、殊にお母さんの価値観だったのではないですか。ですから、大学に入ってしまうと、「もうゲームは終わった、競争は終わった」といって、急に子どもから無関心になっていく。子どもの方も「もう勉強しなくていいんだ。バンザイ！」というようなもので、ますます人格も能力も低下していく。こんなことを言われて怒っている親の多いことを祈ります。

家族の活性化のために

濱崎タマエさんという家庭科の先生が、一九九七年に「子どもが見つめる『家族の未来』」（農山漁村文化協会）という本をお出しになりました。面白いことに、そのころスーパーとコンビニの売り上げが逆転したんですよ。コンビニの方が家庭に近づいて、今までの大きいスーパーがコンビニに売り負けたときなんです。食事をするのから何から、全部コンビニで買ってきて家族が生活をするようになってくる。そういう状態を便利がってばかりいないで、「朝昼晩と、コンビニのデリカテッセンで買ってきて、チンすればいいだけのお料理を食べている家族って何だろう」と考えるところから、家族を客観視するという授業をやってみたんです。これは非常に面白い記録なんですね。

それからもうひと方、吉田カズコさんという方がいらっしゃいます。彼女も「欠損家族の認識」というところから、「今の家族というものは、家族としてはまとまっているんだけれども、あんまり近所付きあいもしないし、旅行もしないでいる。社会から非常に縁遠い人間のグループになっているのではないだろうか」と考えたんです。

例えば、あるとき中山間地帯、たくさん木が生えていて、川の水がまだきれいで、そして民家がポツポツとあるのだけれども、おじいちゃんおばあちゃんしか住んでいないというところ、そういう中山間地帯に行ってみて、そういうところに住む人たちはどうやって暮らしているのかと見てみると、まだお風呂を薪で焚いていたり、ご飯をかまどで炊いていたりするんです。「ちょっと食べさせてください」といって食べてみると、漬物もその家の漬物だし、ご飯もその家のご飯だし、おいしいんですね。「ああ、これが生活だったんだな」とわかる。今の私たちの生活というのは、便利ということだけの生活で、生活を通して家族がお互いにぬくもりを感じ合うとか、「家族であってよかったね」という気持ちの交換があるとか、そういうことをしている暇がないんじゃないか。

こうして家族の客観視というものをやってみる。そうすると、自分たち自身を駄目な家族と考えてみたり、孤独な家族と考えたりしないで、自分たちは一つの生活のタイプを取っているに過ぎないのではないか、ととらえることができる。それではもったいないから、いろいろなところに小さい旅行をしてみよう、あるいは違う環境に暮らしている人を訪ねてみよう、と家族自身が自己モニターを始めるんです。これが実は、家族の活性化につながっていくんですよ。

4　教育資源を再編成するために

教育は奥が深い

江戸末期から明治の開国に至る時期に、吉田松陰が主宰した松下村塾では、画一教育を絶対にしませんでした。高杉晋作が「『孟子』が読みたい」と言えば、「じゃあ、『孟子』を読みなさい」と言って読ませ、伊藤博文が「『論語』が読みたい」と言えば、彼には『論語』を読ませます。生徒は分からないことがあると「ハイ、先生」と手を挙げるので、松陰先生は傍らへ行って「どこが分からないんだ？」と聞き、「それはこういう意味だ」と教えました。

吉田松陰だって万巻の書を読んだわけではありませんから、分からないこともありますね。山縣有朋が「先生、ここが分からない」と言います。山縣有朋は漢詩や『墨子』など難しい作品を読む人でした。松陰は「先生もよく分からないから、今晩家へ帰って勉強して、明日の朝教えてやる」と答えます。

実際、松下村塾が終わると家へ帰って、生徒の質問箇所を徹夜で勉強したそうです。翌日、目を真っ赤にして出てきて「おい、山縣、お前の問うたのはこういうことだぞ」とちゃんと教えた。そのうち、生徒たちの間に「松陰先生は、質問をして分からないことがあると一晩寝ずに考えてくださる方だ」という評価が浸透し、やがて「この先生のためだったら死のう」という気持ちに発展していきます。

吉田松陰が彼らに教えたのは「狂」という字でした。狂うという字は、クレイジーという意味ではなく、本来は「自分でも持て余してしまうような情熱」を指します。松陰は生徒に、『狂』を持て」と言います。それで山縣有朋は自分の名前を変えて山縣狂介とするんですね。高杉晋作は東洋の一狂生（普通は一書生と言いますよね）と名乗ります。そうやって生徒たちは松陰の言う「狂」という字を、心の底でトンと受け止めました。「先生も生徒も一緒に育つのが学習だ」という考えの実践を、松陰の松下村塾だけでなく、広瀬淡窓の咸宜園もやっていた。つまり江戸時代の塾というのは、先生も生徒も一緒に燃えていたということですね。

それが、教育者、森信三先生の「テストとは何か」というお話につながります。テストは子どもがどのくらい教わったことを理解しているかということのテストなんだと。つまり、テストは教えた先生の側にもある、先生がテストされているんだというんです。私は静岡県から「人づくり百年の計委員会」の会長を仰せつかっていろいろな本を読みましたし、先輩たちの話も聞いて出発したのですが、ここのところを、先生と子どもの関係を上から下に、つまり垂直的に考えていました。そうではなかったんですね。教える側と教わる側というのは、垂直的な関係ではなく水平的な横並びな関係なんですね。人が人にものを伝えるということはそういうことだったんですね。

教育の原点は命と向き合うこと

林竹二先生という宮城教育大学の学長をされた素晴らしい教育者がいらっしゃいます。東京都三鷹市の小学校の教育現場へ、私は林先生に呼ばれて拝見しましたが、本当に面白かった。林先生がいらっしゃるというので、六年生の教室は東京中のテレビ局のカメラマンでいっぱいです。さて、授業が始まったら子どもたちがだれ一人カメラの方を見ません。林先生のおっしゃることをじっと聞いて、時々かわいい顔をして「ハイ、ハイ!」と手を挙げる。だれもカメラに関心を示さないのです。その姿に私は驚きました。

林先生の教育論をご紹介しますと、「教育とは、心と体の成長に必要なものを与えて人間が育つのを助ける仕事です。だから命を持ったものの存在が教育の大前提になります。従って命への恐れを欠くところには教育は成立しないのです。命が育つのを助ける。先生が上にいて生徒が下にいて、上から下へ教育情報を流したのでは命を助けることになりません。先生と生徒が向き合って、先生が生徒は今何を欲しがっているかということを感じ取って、その欲しがっているものに向かって教育情報を与えていく。それで初めて教育というものは成り立つんです。教育は聞くことから始まるのです。子どもたちが何を欲しがっているか、その心の声を聞くということです」というものなんです。

授業の時、林先生は足尾銅山の闘士の、田中正造の研究家でもいらっしゃったので、その生涯の話をなさった。「田中正造が足尾銅山の中に入っていって坑夫たちの話を聞こうとしたが、うまくいかなかった。坑夫たちに『あんた方はこうすべきだ』と話して聞かせても『何を言ってやがるんだい』と横を向かれた。八年目にようやく坑夫の話を聞くことができた。大切なことは、人に何かを伝えようと思ったら、自分の話を聞かせるのではなくて、相手の心を聞くことだ」とおっしゃるのです。

二宮尊徳の逸話と同じですね。尊徳が茨城県の桜町に財政の立て直しを頼まれて行きます。田んぼを回って説教をしても、だれも聞いてくれない。尊徳は何日も村人が夜集まるばくち場へ通って、村人の話を聞いて楽な生活をしようと思ったら「なぜいい加減な耕作をしてはいけないのか」というところから始めます。「稲もヒエもなるようにしかならないのではなく、あなた方が手助けをしたら喜んで大きな成長をするんですよ」と言って聞かせて、初めて「これはすごい助っ人が来た」といって感激されるんです。

相手の話を聞くことから始まる。教育というのは、子どもたちの命を育てることなんですね。そして育つためにこういう情報があるということを教える。教育論の原点は、命と向き合うことだったんですね。家庭で「お父さんやお母さんが子どもの命と向き合ってください」、教室では「先生方が子どもの命と向き合ってください」ということなんです。

成長しない子どもたち

成人式の少年少女たち、なぜ、こんなに手がつけられなくなりつつあるのかと思います。一つのキーワードがあります。「ネオテニー」という言葉です。幼形成熟。例えば、犬は狼の子どもの形と性質を保ったまま大人になったものなんです。人間にもあるんですね、その幼形成熟が。総じて日本の若い女の子は、「それでー私がー」から始まって口のしまりがない。スナック菓子みたいに柔らかいものばかり食べてきたために、顎の骨が発達しないんですね。顎骨が発達しないために正確な「あいうえお」が言えない。その結果、幼児語になってしまうんです。いつまでたっても若い女の人は子どもっぽいですよね。

大体七歳から八歳くらいまでの間に、周囲の社会との関係を身に付けて情報的に理解します。その社会と関係していく上には正確な通りのいい言葉を使わなければいけないという自己訓練、というより生きるための一種の建前みたいなものが身に付いてくるわけです。ところが、今は「それが身に付かない」、「いつまで経っても成長しない」。

どうして成長しないのでしょうか。要因の一つには「親の囲い込み」という問題があるんですね。いわゆる少子社会ですね。「少ない子どもを大事に育てるのがいい」というような考え方を日本の若い世代の夫婦が持ってしまったために、一人っ子を生み、祖父、祖母、父、母の四人で子どもを「囲い込ん」でかわいがって育てる。その子が小学校に入り、三、四年になってそろそろ勉強をということになると、個室を与えて家族・家庭という環境から断絶した「囲い込み」をやるわけですね。中学校に入って受験戦争に突入すると、今度は勉強ができる子だけ、塾へ行く子だけの「囲い込み」が始まる。自然の中で思い切り遊んだり、友達と取っ組み合ってけんかするといった経験から遠ざけられた「囲い込み」は、結局未熟な人間をつくってしまうんですね。

この未熟な人間が社会に出ると、複雑で厳しい社会集団と関係していくことができないんですね。幼児期から囲い込まれて自分の意志だけ通る言語空間に置かれたため、相手との間に言語的な交流をする経験がない。ですから、社会に放り出された時に立ちすくんでしまうんですよ。そうすると、その社会の中で無意識にグループを求めます。そのグループに入れば、すべて言葉は通じるし、自分も認めてもらえる。暴力団とか不良の集団とかあるいはオウム真理教とかですね。暴力団体や宗教団体の中に入って一種の自己否定をすることによって、もう一人の自分をつくり上げてしまうんですね。

私は、こんなに早く人間が変わっていく国は、日本しかないと思います。それだけに、静岡県だけでもいいから、「教育とは何か」といった問いに答える教育情報を選び、分かりやすく、しかも鋭く新しい視点を持った教育情報を発信していく必要があると思うんです。

タイと小林虎三郎

「タイの東北部へ行ってみませんか」――十二年前、今は日本民際交流センターの代表をされている秋尾晃正さんという方が、留学生の言葉に動かされてタイを訪ねました。

驚いたのはその貧しさでした。ほとんど中学に行けず、子どもは小学校を終えたらすぐに労働者として働かなければいけない。秋尾さんは一所懸命に募金運動をして、四十二人の人から五百万円の奨学資金を作り、再びタイの北東部の村に入っていきます。

「奨学金を持ってきたから、進学したい人を集めてくれ」と村長さんに頼みます。集まった子どもたちに「中学に行かないか？」と呼び掛けても、うつむいてだれも返事をしない。三つ四つと村を回ってもその繰り返し。クタクタになって翌日、ハッと気付きます。子どもたちに学ぶことの意味や、自分自身の成長を話していなかったと。

そこで、新しい村に入って子どもたちにこんな話をします。

「日本で明治維新という革命があった時、長岡藩ではお米に困って食うや食わずだった。その時親戚の藩からお米が百俵送られてきた。喜んでみんなで食べようという時に、ただ一人小林虎三郎という学者が『お米は食べてしまえば三日でなくなる。しかしお米をお金に換えて学校を作れば百年二百年と続く人材がそこから生まれる』と言った。『何を言うか』と刺客に襲われるのですが、刺客に向かって『斬るなら斬ってくれ。しかし私の言い分を聞いてから刀を抜いてくれ』と、さきほどの話をします。すると刺客は『その通りでした』と引き上げます。結局、そのお米を売ってひもじさに耐えながら学校を建て、その中から山本五十六元帥や斎藤博アメリカ大使といった輝かしい人材が生まれたのです」

そして秋尾さんは自分の話に戻って、「終戦の時、日本中が焼け野原でみんな食うや食わずだった。焼け跡に子どもたちがそれぞれ自分で場所を選んで座って、先生から算数や国語や図工を習ったんだ。『青空教室』と日本中で言ってたんだよ。そこから立ち上がった人々がいて、今の日本があるんだ。勉強するということは、君たち自身のためではあるけれども、お父さんやお母さんがもっとマシな生活ができるようになるってことだ。弟や妹も中学校に入れるようになるってことだよ」と説くんですね。

終わって「だから私は中学に入ることを勧めに来たんだ。やるか?」と聞いたら、一番前の小さな子がバッとこぶしを挙げて「入ります!」って言ったそうです。「僕も」「私も」と言い出し、結局全員が中学に行くことになった。それから毎年、秋尾さんは日本に帰ってお金を集めてはタイへ行って、村から村へ学校を建て子どもに教科書を与え先生にお給料を与えていった。現在は中卒が八六%、一万二千五百人が中学を卒業しています。平成九年からは対象をラオスにも広げ、一万六千人以上の子どもたちの夢をかなえています。

働く人がいてこそ花を咲かせる思想

タイのお話の続きです。この中で、私がもっとも深く感動したのは、小林虎三郎という人が「百俵の米を長岡藩で食べてしまえば三日か四日でなくなるけれども、お金に換えて学校にしたら百年二百年と続く人材が生まれるじゃないか」という考え方に、みんなが付いていったという出来事です。

その小林虎三郎の思想を秋尾晃正さんという方が知っていた。たまたま、この方のご先祖が会津藩士で「見事な話だ」ということで長岡藩の小林虎三郎のことを知っていたんですね。そしておじいさんの代からお父さんの代へと語り継がれて、秋尾さんもその話を聞きながら育った。

この話は後に、山本有三という作家が『米百俵』という本にしていて、十五年くらい前には演劇として舞台化され、小林虎三郎役を島田正吾が演じています。余談ですが、この芝居も島田さんの演技もよかったですねぇ。堂々たる風格で刺客を前にしても全然たじろがない。「斬っても良いが、わしの意見を聞いてから斬れ」それでみんなはヘタヘタとなってしまうんですね。人間の持っている圧力やオーラはすごいものだなと思いました。

そうやって小林虎三郎の思想が、明治から百何十年も経っているのに、時間も空間も超えて継がれていき、とうとうタイにいってさらに結実した。

秋尾さんには『米百俵』を記念する寄金が長岡市から出ます。実はこの方は募金運動をする時に『ダルニー奨学金』という名前を付けたんですね。タイに最初に行かれた時に、ある村でダルニーちゃんという非常にかわいい女の子に会ったためで、その子の名前を取って命名したそうです。支援者の輪も広がり、今では八千五百人以上。寄金をお渡しした時に、「今度は『米百俵』の賞金がきたので『米百俵ダルニー奨学金』と直して持って行こう」と話しておられました。これからも運用しようと考えていらっしゃるらしいんですね。

私は思うのですが、第一点は小林虎三郎という存在を日本中が知っているかどうか分からない、山本有三の『米百俵』を読んだ人以外はほとんどご存知ないと思う、その人の思想が今日まで受け継がれて花を咲かせるということの素晴らしさです。

もう一つは花を咲かせるために働く人がいるということです。働く人がその思想を伝えた。タイの子どもたちはなぜ立ち上がったか。そこなんです。「お父さんやお母さんがもっと楽な暮らしができるんだよ。君たちの弟や妹も中学に通えるんだよ」――この言葉で、子どもたちは「やります！」と言ったんですね。目的というか心を揺り動かすものというんでしょうか、人間というのは必ずそれを待っているようですね。私たちはその待っている心に対してどんなメッセージを今まで与えられたでしょうか。そういう反省を私はしています。

人を浴びて人となる

今日は五月十三日ですが、ちょうど一カ月前の四月十三日に、株式会社日管の社長さんで、浜松の名経営者と言われた三輪信一《みわのぶいち》さんという方が亡くなりました。八十六歳でした。浜松近辺はもちろん、日本全国でも知られている方です。というのは、「躾《しつけ》の日管」という面白い看板をビルに掲げていらっしゃって、実際に社員に対する躾をきちんとなさっていたんですね。

それは、箸《はし》の上げ下ろしや歩き方、返事の仕方といった、社会人としての躾というよりも、どうやって仕事の中で自分を生かすか、ということのための躾です。自分を生かせば、人生がそれだけ楽しくなる。三輪さんは、一貫してずっと「躾の日管」でやっていらっしゃって、大変な人格者だという印象があります。何度もお目に掛かりましたが、教えられることがたくさんありました。

三輪さんは、「この本を人に読んでもらいたい。自分だけが読んで感動したのではもったいない」とお考えになると、ご自分のポケットマネーで本を百冊も二百冊もお買いになって、方々の知人にお分けになっているんですよ。私も十冊ほど頂きました。

三輪さんが、日本生産性本部から講演を頼まれたとき、自分みたいな人間がどうして日本中の経営者に講演ができるだろうか、と思われまして、禊《みそぎ》をするつもりで、当時の山口県の長府製作所の尊敬する社長さんのところへ、浜松からわざわざ教えを請いに行かれました。その社長さんがいろいろなことを教えてくださるのですが、日常的に非常に身を慎まれる方で、会社の車に乗ってお料理屋などに行くと、「運転手さんを待たせるのはかわいそうだ。そういうことを日本中の社長がやっているけれど、運転手の身になったことがあるのだろうか?」というお話をされるんですね。

三輪さんはとても厳しい方かと思ったら、しょっちゅう人に会って、勉強していらっしゃる。そのことを、「人は人を浴びて人となる」とひと言でおっしゃるんです。教育、あるいは人づくりとは、こういうことなんですね。

これからはぜひ地域社会で、あるいは家庭同士で、子どもたちになるべく人を浴びるような機会をつくってやってほしいと思うんです。三輪さんのように本をあげるということは、もらった人がその本を読むことによって、その本を書いた人の人格を浴びることになるんですね。水掛け遊びというものがありますが、人格の水掛け遊びみたいなものをしてみてはどうでしょうか。

踏み込んで引っ張り出す教育

今、静岡県では公立学校の教職員や教委関係者、教員ＯＢが核となって、「地域の青少年声掛け運動」が実施されています。この運動は「美しい未来のために」と題された青少年健全育成主要プロジェクトとして始められたもので、「美しい未来のために」、健やかな子どもたちを育てるために、具体的なプランとして声を掛けあおうというんですね。

考えてみると、これは大変なことです。最初のうちはお互いに恥ずかしがって、殊に声を掛けられた方は、「うるさいな」とか「余計なお世話」とすねてみせると思うんですよ。でも、そう言われようが言われまいが、声を掛けるということは相手の心を開くこと、必ず分かってくれることだという自信をもって、繰り返し繰り返しみんなで行うことによって、声を掛けずに済むような子どもたちが必ず増えていくと思います。

実践が伴わなくては教育ではありません。教壇と机があるところだけが教育の場ではないのです。生きていくこと自身が教育なんですね。鳥や花から教わることもあります。しかし最も近いのは、お父さんお母さんから教わることであり、隣のおじさんおばさんから教わることであり、見ず知らずの人でも自分に声を掛けてくれた人から教わった言葉、それも私は教育なんだと思うんです。

「教育」を意味する「education」という言葉があります。「引っ張り出す」という意味だといわれてきましたが、もう一つ「踏み込む」という意味もあります。よくよく考えてみたらそうですよね。踏み込まなきゃ引っ張り出せないじゃないですか。踏み込まないで何を引っ張り出そうというんですか？

声を掛けて、「うるさいな」と言う子もいるだろうし、「うん、わかったよ」と言う子もいるでしょう。あるいは、声を掛けてくれたおじさんなりおばさんがとても感じがよかったので、「ああ、僕は一人じゃないんだな。だれかがこうやって見ててくれるんだな」と思う子もいるだろうと思うんですね。

子どもの心、若い人たちの心の中には、「本当はこうしたいんだよ。でも恥ずかしいからできないんだ」とか「うちの親が嫌だからできないんだ」といった気持ちがあると思います。それを、声を掛けることで踏み込んでいって、そこから引っ張り出す。「さぁ、立って歩いてごらん」。これが大切なのではないでしょうか。

でも人間って誰でもテレ屋じゃないですか。子どもたちにだって「君、どうしたの」って声を掛けられない。どうです、「おばさんもさぁ、あんたたちのころにはワルだったなぁ」って、子どもの方から踏み込める心をひらいてみては。

大人が変われば、子どもも変わる 1

東洋大学が『現代学生百人一首』というものを作っています。その中に、高校二年生の丹野たき子さんの「ボランティア軽い気持ちで始めたら救われたのは自分の心」という歌が収録されています。いいですよね。「人の傷口に包帯を巻くということは、同時に、自分の心の痛みに包帯を巻いていることだ」という言葉もありますね。私はもうじき七十七歳の誕生日を迎えます。喜寿です。「年を取って何か良いことはありますか?」と聞かれますが、こういうものに出会うものですから、「長生きしてて良かったな」と感じるんですよ。

湯川久子さんという、鹿児島県の青少年育成アドバイザーの方がいらっしゃいます。この方の経験は実に面白いですね。

夜、コンビニにコピーをとりに行くと、コンビニの前に五、六人の、中学生から高校生ぐらいの子どもたちがいつも座り込んでいるんですね。茶髪金髪でピアスをして、おへそを出したジーパンをはいた子たちです。その子たちが、コンビニの前でベッタリとお尻を落として、何かものを食べながら話し合っている。そこら中に食い散らかしているんですね。

とうとう、湯川さんは「早く家に帰りなさいよ。食べたものは片付けるのよ」と注意をした。すると、そのグループの中に、同じ団地に住む子がいたんですね。その子がフッと顔を上げて「はい」とあっさり言ってくれたので驚いた。それから行くたびにそのグループに会うので、「早く帰りなさいよ」「片づけなさいよ」と同じようなことを言うようになった。そのたびにわりと素直に聞いてくれるというんですね。

しかし、何であの子たちはああやって座っているんだろう、と思って聞こうとしました。すると、グループの中の一人が、「おばちゃんは僕たちの顔を見るといつでも早く帰れって言うでしょ。だけどね、どこへ行けばいいかわからないんだよ。バンドが好きだから家で練習をしていると、近所からうるさいって苦情がきて、親が学校に呼ばれるんだ。学校から帰ると雨戸をキッチリと閉めてバンドの練習をして、その後ここへ来て、みんなで『うまくいった?』『どうだった、練習は?』という話をしているんだよ」というんですね。

あるとき、「青少年と薬物濫用」というシンポジウムをやることになりました。そのシンポジウムが始まる前に、「せっかく、いろいろな偉い先生が来てくださるのだから、一つバンドを聞かせようではないか」ということで、余興にその子たちが呼ばれることになったのですが、周囲の人たちは依然として信用していないんですね。信用していないばかりか、「どうしてあんな子たちを出すんだ?」なんてことになるんです。(この話続く)

大人が変われば、子どもも変わる 2

湯川さんの話を続けます。

そのうち、湯川さんが練習する場所を探してあげることになりました。彼女は公民館活動もやっていたので、公民館に行ってお願いをしてみました。しかし、「あの子たちがどんな子か知っていますか？ タバコは吸うし、時々学校をサボる。学校でも本当に困ってるような子なんですよ」と相手にされないんです。

しかし、湯川さんは「非行に走っているからこそ、この子たちに、公的な場所で、みんなの目の届くところで練習をさせたり、上演をさせたりしたらいいのではないか」と思うんです。非行に走っていない子は問題がない。自分たち自身で問題を片づけられないから、みんなが音楽を通して、こうやって集まっている。だから、非行に走っていればこそ、みんなの前でこの子たちの力を見せるようにしてやったらどんなにいいだろうか、ということですね。そこでとうとう湯川さんは、メンバーを連れて教育委員会に行きました。最初は教育委員会の方も驚きましたが、湯川さんが一所懸命に説得したことで、練習場を借りることができるようになったんです。

いよいよ演奏会の当日です。幕が開いたら、一見して超悪ガキが楽器を持って並んでいるものだから、観客はびっくり仰天して会場からどよめきが起こったんです。いよいよ、代表が一歩前に進み出て挨拶をします。「今日は僕たちに出演の場所を与えてくださいましてありがとうございました。一所懸命演奏しますのでどうか聴いてください」と言って、演奏を始めたんですね。演奏が終わったらアンコールの拍手が鳴り止まず、それからアンコールが随分続きました。その上彼らは、「ユースフェスタ・イン・鹿児島」という青少年の芸能大会にも出してもらうことになったんですね。

少年たちはその後、電気工事や板金工などの職に就いて、それぞれが自立した生活をしているそうです。その中の一人が湯川さんに会います。「おばちゃん、俺、やっぱり勉強しておけばよかったよ」というんですね。湯川さんが「今からでも勉強は遅くないよ。勉強はいつからでも始められるんだよ」と答えたら、「うん、ありがとう」といって帰っていったといいます。この話をまとめたタイトルが素晴らしかったんです。「大人が変われば、子どもも変わる」というんです。

日本の教育というものが、地域のレベルで、家庭のレベルで、もう一度考え直さなくてはいけない、もう一度組み立てられなければいけないというテーマが生じてきた今、その中で必要なひとつの言葉は、「大人が変われば、子どもも変わる」だったんですね。どうかひとつ元気を出して、地域の中で子どもたちに積極的に声を掛けてあげてください。

挨拶は心の定期預金

熊本の「慈愛園子供ホーム」の園長さんで、潮谷愛一《しおたによしかず》さんという方のお話をしたいと思います。妻の潮谷 義子《よしこ》さんは、熊本県知事でいらっしゃいますが、この方と名刺を交換したときに、私はあっ、と驚きました。職業柄、一年間に一万人くらいの方から名刺を頂きますが、潮谷さんの名刺には、名前の横に点字が打ってあったんですね。

そのご主人の潮谷愛一さんは、こんな話をしています。学生のころ、お父さんの本棚からデミアンという神父さんの話を書いた本を引き出して読みました。デミアンという人は、イギリスからハワイのモロカイ島に、宣教師として派遣された牧師さんなんですね。モロカイ島は、ハンセン病のための施設があり、隔離された患者さんが集団で暮らす島です。デミアンさんはそこへ行って、ハンセン病の患者さんたちに、神様の話、信仰への道、人を愛すること、世の中を美しく生きることなど、いろいろなお話をされるんです。ですが、全く受け入れてもらえないんですね。

ところがある夜、焚き火を囲んで、みんなで話をしていた。すると、パチパチッと薪がはねて、火の粉がデミアンさんの手に掛かるんです。しかし、熱くも何とも感じないんですね。要するに、デミアンさんもすでに感染していて神経が麻痺し、熱さを感じなかったんです。

デミアンさんは、そのときからハンセン病の患者さんたちに対する説き方を変えました。

「あなた方は…」という言い方から、「私たちは…」という言い方にしたんですね。それによって一気に、患者さんたちの間にとけ込めるようになったんです。「あなた方は…」から「私たちは…」への変化。実に簡単なことなのですが、人間の心と心が重なるとは、まさにこういうことですよね。

中村諭《なかむらさとし》先生という方がいらっしゃいます。この先生は教員生活三十一年のうちの二十三年間を、崩壊寸前の学校ばかりに教諭、教頭、学校長として派遣されました。中村先生は、「組織や集団の秩序を回復したいと思ったら、一番最初にすることは挨拶じゃないか。当たり前のことだ」といって、学校で生徒の顔を見るたびに、「おはようございます」「こんにちは」「さようなら」「元気?」などと言い続けるんですね。

最初は、生徒の方が変な顔をして、そっぽを向いて足早に去っていきます。そのときに「こら、待て。おまえは何で挨拶をしないんだ?」と言ってはいけないというんですね。そうではなく、それでもニコニコして「おはようございます」と言い続ける。「挨拶は心の定期預金だ」と言うんですね。「必ず相手の心に積み重なっていく。相手は気持ちの負担を感じて、小さい声で『おはようございます』と応えるようになる」というんです。次の話も続けます。

「一波は動かす、四海の波」です

前にご紹介した中村先生の赴任された学校は、宝塚市内の中学校で、この二十年間の犯罪件数が、毎年市内でナンバーワンという学校だったんです。それが、挨拶を続けていくことですっかり穏やかな学校になって、よその人が校門を入って来ても、「こんにちは」と生徒の方が挨拶をするような学校になったといいます。

中村先生に転任の時期が来て、いよいよ学校を去ることになりました。最後の卒業式で、代表が謝恩の辞を述べるのですが、途中で自分が感極まってしまって、全くのアドリブになってしまうんですね。少し読んでみます。「数え切れないほど言い争いをして、先生には迷惑を掛けてしまいました。でも、それも俺の中ではめっちゃ良い思い出になりました。先生の方も、『良い思い出ができた』ということにしておいてください。これからも、俺みたいな問題児が現れるかもしれないけど、挫けずに頑張ってください」と言うんですね。その後、今度は生徒会長が立ち上がって「僕たちの気持ちです。先生、どうぞ受け取ってください」と言うんです。「何だろう?」と思って立っていると、ピアノの前に生徒が座って、『仰げば尊し』を黙って弾き、学生の大合唱が始まった。もちろん、先生も生徒もボロボロ泣いてしまったそうです。中村先生がお書きになっているのですが、関西方面の学校では、昔からいろいろな問題があって、いまだに『仰げば尊し』を歌わせないことになっているんだそうですね。しかし、「一波は動かす、四海の波」、一つの波が動けば、海の波は動くんですよね。何もしないで、「言葉つきが乱暴だ」「すぐキレる」「危ない」というだけで、子どもたちに対して距離感を持ってしまう。それが一番の大きな問題なんです。なぜ、大人が踏み込んでいかないのでしょうか。そうやって、分かってくれる子、つまり、お互いに心を交換できる子を増やしていくことによって、つっぱっていた子が、「つっぱっていてもつまんねえよな」と、必ず応えてきます。根っからの悪い子なんていないんですよ。私は、そこをもう一度考えてみたいという気がします。

中村先生を始めとしたいろいろな方が、今の日本の教育崩壊について一所懸命にお考えになっていらっしゃいます。大きな問題は、昭和四十年に配られた母子手帳の中に、西洋型教育理論を導入して「子どもが泣いても抱いてはいけない」「添い寝をしてはいけない」ということが書かれ、それを信奉したお母さんたちが、子どもに対するスキンシップを忘れてしまったということです。昭和四十年に十五を足すと五十五年ですね。そのころからキレる子どもが出てくるんです。なぜ十五を足したかといいますと、中学三年生ということですよ。ようやく、最近の母子手帳は、「抱いた方がよい」「添い寝した方がよい」「おっぱいをやった方がよい」というふうに変わりました。人間って正直ものです。

メッセージを伝えよう

前にご紹介した中村諭先生は、現在、宝塚市の市立高司中学校の校長先生をしていらっしゃいますが、そこにモモちゃんという女の先生がいるんです。そのモモちゃんが、子どもたちに自分が集団の一員だということを自覚させよう、と女子マスゲームに取り組み、男子は人間ピラミッドをつくったんです。八段までつくるのですが、八段のピラミッドにはなんと九十人弱の子が必要なんです。一番下の子は、その重みに耐えなければいけないから大変だし、上の方に行けば行くほど、力を抜いてやらなければいけないですね。思いやりですよ。それでようやく八段ができる。

体育大会の日に八段ピラミッドをつくったら、全国から見にきていた先生や、市や県の教育関係者がワーッと拍手した。終わったときになんと男子の指導者がマイクを取って、「ただいまより、オプションで九段をつくります。高中生の心意気です」と言ったんですね。すると百二十人がワーッと出てきた。そして、とうとう九段のピラミッドをつくってしまったんです。そのときのモモちゃんの文章があります。「体育館での最後の練習、タワーを組む人たちの頑張り。周りで支える人たちの頑張りを感じることができた。タワーが立ち上がった時、涙が溢れてきた。拍手も起きた。『泣いちゃ駄目。泣くのは本番やで』と三年生の子が言った。ああ、高司中の子はやっぱりいい。私はこんな心のある子がいっぱいいる高司中のみんなが大好き。そして、ドラマが生まれたのです」と。これが彼女が最後に書いたメッセージなんですよ。すごいですね。

これをやった子どもたちの方は、「モモちゃんに怒鳴られて怖かった。私はあの怖さを忘れられない。だけど、最後に八段のピラミッドを組み終わって、そして皆さんから拍手を貰って、ピラミッドを崩し終わった時に、モモちゃんが怒ったのは私たちへの愛だったということがわかった」と書いているんですね。怒鳴りまくられたのが、実は私たちに対する愛だったんだということを、中学生だからこそ、こちらがすごい本気のメッセージを送ってやればピタッと受け取るものなんですね。

こういうことを考えると、どんな教育制度をつくっても、その中で子どもが勉強を持続するかどうかということが問題なんですね。今の制度が悪いとか、昔の制度が良かったということではなくて、今が棒暗記主義になっているということが悪いんです。棒暗記主義だと、知能の働きがそこで止まってしまうんですね。試験が終わるとケロッと忘れてしまうんです。そうではなくて、勉強というものは、試験があろうとなかろうと、心に留まったことを頭の中でもう一度繰り返して、そして別の情報がきたときにそれと並べてみたり、結び付けてみたりすると、その人だけの方程式が頭の中にできるんですね。このことが大切なんです。

「教育資源」をガラガラポンしよう

小泉内閣に柳沢伯夫《やなぎさわはくお》さんという金融担当大臣がいらっしゃいますね。この方が非常に上手にメッセージを出していらっしゃって、今日本の経済が何をやらなければいけないかということをポンと説明されています。今までの政策は景気回復のためでしたが、これから始まる日本の政策というものは、景気回復ではなくて、構造改革のためにさまざまな施策を致します。そのために辛い思いをする人がたくさん出るようでしたら、その人たちを支えるための財政出動を致します、と言うんです。昔と随分違いますね。一種のメッセージ時代といってもよいだろうと思うのですが、このようなメッセージが教育にもあります。

例えば、学校以外で豊かな経験を持った人たちを特別非常勤講師としてお願いし、お話をしてもらう。学校のある地域の人でもいいですね。私は、タレントさんや有名な方は呼ばない方がいいと思うんです。手垢《てあか》のついた言葉でしゃべったり、自己経験しか語らない場合があると思うからです。そうではなくて、世の中のバランスについての話、あるいは自己経験でも自分が失敗したことや、「悪戦苦闘してようやく今日があるんです」という少年時代の話をしてもらうんですね。このような機会を大いに活用していくこと、社会を教育資源として利用するということを、どうぞ皆さんも一緒に考えていただきたいと思うんです。

また、文部科学省が、同じ地域内にある小中高の先生を兼務させるという案を出しました。

つまり、高校の先生が小学校へ来て話す、小学校の先生が中学に来て「うちの小学生が今度こちらの学校に行きますからよろしくね」と言って、「私は小学校でこんなことを教えてきた。ですから皆さん方はこういうふうに受け取ってください」というように、地域内の小中高の先生たちが、連係して流動化したらどうだろうという案なんですね。これは非常に面白いと思うんですよ。

養護の先生や栄養士の先生、事務職員といった、専門性を持っている職員の方が学校にいらっしゃるわけです。そのような方々に、「自分は一体どうやって栄養学を勉強してきたか」「養護とは一体何か。健常者の社会と養護を要する人の社会との接点は何か」といったことを、例えば社会科で授業をしてもらってはどうかという案も出ました。

そうやって考えると、「教育資源」という言葉に置き換えられるものが、学校の中にもあるし、地域社会や家庭の中にもあるんですね。お父さんお母さんもお出掛けになって、話をしてくださったらいいのではないかなと思うんです。そう、教育資源のガラガラポンです。

教育についてのメッセージ、そのメッセージを探り当てる資源はたくさんあるのです。

本当の学歴社会が始まった

あと七年経つと二〇〇九年ですが、二〇〇九年になりますと、大学の入学志願者と大学の収容数が全く一致してしまうんです。つまり、志願した人は全員大学へ入学するというわけです。今、高校に行く子が約九六%。ほとんど高校へ入学する〝高校全入〟なのですが、今度は〝大学全入〟という時代がやってくるわけなんです。これは国として慶賀すべきことであるのか。あるいは大学生の学力低下ということが問題になっている現在、そんなたくさんの子が大学を出てもしょうがないじゃないか、ということなのか。

それに対応して、大学の方はどんどん統合を進めています。なぜかといいますと、今まで国公立大学は国が財政的にすっかり丸抱えでやっていたわけですし、私学の場合も国から補助金が出ているわけですが、「もうそういうことはやめます。大学を独立法人にしてください」ということで、大学自体が経営をしなければならなくなりました。すなわち、国公立の大学でもつぶれるということがあり得るんですね。そのために、体質強化、基盤強化をする意味で、方々の大学が一緒になって統合を進めているという状態です。

また、もう一つ大学が打っている手があります。今の大学四年ぐらいの学力では、とても時代の変化にはついていけない。つまり、時代がますます高度化していくわけですね。ですから、各大学がほとんどといっていいぐらいに大学院を設ける。大学院を出ないとものにならないという時代にしようとしつつあるんです。

子どもの選択ということもあるわけですが、とにかく二〇〇九年をきっかけとして、私たちがこの高度成長経済の中でつくってしまった、進学体系の何番目に自分の子どもを入れるかというような、大量生産主義と裏腹になっている教育体系というものは、意味をなくしつつあるわけです。だから今までのような体系の学校を出ることが世の中に役立つのか。私は、「ここで日本がようやく再生するな」という感じがします。

「学校を出たから学歴がある」という考え方は、もう通用しなくなりますね。つまり、今まで学歴があるということは、学校歴のことだったのですが、実は、学歴というのは学びの歴史であって、その人間が自分で問題を見つけ、どのくらい問題を考え、そのために勉強したかということなんです。自学自習の時間が学歴であって、学校歴ではないんですね。ようやくその本当の意味での学歴というのが、振り返られる時代になってきたというわけです。これからの日本は真面目に勉強のことを考える人にとっては万々歳です。

馬鹿の一寸、のろまの三寸

掛川でおそば屋さんをやっていらっしゃる鈴木則子《のりこ》さんという方からお手紙を頂戴いたしました。ご自分たちがどのように子どもたちを育ててきたか、どのように過ごしているかといった内容のお手紙ですが、これは教育にそのまま使えると感じましたので、ご紹介したいと思います。

鈴木さんの長男は二十八歳で子どもさんが二人、次男は二十六歳、三男は大学三年生。実家のお母さんに「ご飯を食べさせただけでろくに手をかけていないのに、三人ともいい子に育ったね」と言われて、口の悪いお母さんだと思っていたそうです。でも「朝食をしっかり食べさせることが子育ての大事な第一歩だ」ということを聞いて、「なるほどなぁ」と納得されました。「食べるということは、栄養をとる以外に、その子の体調もわかるし、ついでに昨日学校で納得いかなくて腹がたったということや、電車の中での出来事など、いろいろ話を聞けるときですし、心の通い合う時間です」とおっしゃるんです。そして、お母さんが相づちを打って「そりゃおかしいね。それじゃあ腹が立つよねー」と言うだけで、本人は「あー、すっきりした!」と、また元気に出かけていく。だから、食べるということはなかなか面白いですねとお書きになっています。その通りですね。

鈴木さんのお店の中でも、お客さんが入ってきて、座って、注文して食べる様子を見るだけで、いろいろ事情がわかるそうです。夫婦二人でお店に来て、それぞれが本を読みながら無言で食べるだけで帰ってしまう人たちがいる。そうかと思うと、おばあちゃんと若夫婦と子どもが来て、おばあちゃんが一人でも食べられる年齢の子どもを膝に抱いて、口に入れて食べさせてあげているのに、若夫婦は知らんふりをして自分たちだけで食べている。あるいは、おじいちゃんと若夫婦と子どもで来て食べ終わったあと、お金を払うおじいちゃんを置き去りにして黙って出て行く家族がいる。「なんで『おじいちゃん、ごちそうさま』と若夫婦が言えないのかな。そうすれば子どもたちもそれを言える子になるのにと思ってしまいます」と鈴木さんは書いていらっしゃいます。

また、鈴木さんのお店は自動ドアではなく、ガラガラと手で横へ開ける戸なんですが、「手を添えて、普通に静かに開け閉めできない大人が随分大勢います。入るときも出た後も、十センチ以上開いたままの人も時々います」とおっしゃるんです。

昔は子どもがふすまをピチッと閉めないで少し隙間が開いていると、「馬鹿の一寸、のろまの三寸」と言ったんですね。すると、子どもは「あっ、いけね」と回れ右をして、ちゃんと戸を閉めました。家庭教育ってこういうことなんですよね。学校の勉強を見てあげることも必要でしょうが、そういうときに子どもを諭すことも必要ですよね。

先生の雑務を手伝ってあげて

掛川の鈴木則子さんのお手紙から連想したことで、私がとても感動した話をご紹介します。重度の身体障害児を抱えたご家庭があって、その子には妹が二人いますが、学校へ行くとご本人のことで妹がいじめにあうんです。泣きながら帰ってきて「お母ちゃん、今日も言われたよ」と言うんですね。それが三日目くらいになると、お母さんは二人の女の子を呼んで、「あなた方よく考えてごらんなさい。お兄ちゃんがあんな体だから、大きな声を家の中で出したら、お兄ちゃんがさぞかしびっくりするだろうと思って、お父さんやお母さんは、あなた方にものを話すときに静かに話すでしょう。あのお兄ちゃんがいるおかげで、家の中はみんなが静かに話せる習慣が身に付いているんですよ。お兄ちゃんは、家の神様なんですよ」と言われるんです。

それですっかり子どもたちの気持ちが立ち直って、学校でいじめられると、「お兄ちゃんのおかげで、家では汚い言葉は使わないし、静かにものを話すようになってるのよ。声を立てて笑うときでも、大声で笑わないのよ」と言い返しました。すると、クラスがだんだんと静かになっていったというんですよ。十四、五年前の話です。私は、それを子どもたちの演説の発表会で聞いて、「なんということだ。悲しみを分けるということが、同時に誇りになり喜びになる。それは家庭という場でなければできないんだな」とつくづく思いました。

もうひと言、鈴木さんのお手紙からご紹介したいことがあります。「三人の息子たちは皆、高校生のころ店の手伝いをしていて、『お金を出して食べてくれて、〝ごちそうさま〟とお礼を言われる仕事っていいね。僕も外食したときには必ず言ってるよ』と言っておりました」と書いてあるんですね。

今は、おそば屋さんでもどこでも、ご飯を食べて立ち上がって黙って帰ってしまう人が多いのですが、「どうもごちそうさま」とか「おいしかったよ」とかひと言言ってあげればいいですね。そうすれば「ああ、今日も『ごちそうさま』って言ってもらえた」という、素晴らしい幸福感をお店の人に与えると思うんですよ。

これは、やはり社会からの教育でしょうね、家庭の教育、社会の教育、学校の先生の教育。学校の先生の教育については、これからの大きな問題ですね。保護者などの要求が、あまりにも強過ぎて、いわゆる校内雑務に時間を取られています。もっとたくさんの自由な時間を先生に差し上げたいですね。今の先生のエネルギーは、一〇%くらいしか教室に投入できていないともいわれていますが、いろいろな雑務から解放してあげて、先生が教室の中でせめて六〇%は教案を考える、それも年案・月案・日案で考える時間にあてられるように、雑務は地域の皆さんの協力を待ちたいものです。

教師に対するテスト

私はある人から「教育問題の中で、家庭にせよ、学校にせよ、社会にせよ、一番大切なことは『当たり前のことをする』ということですよ」と言われました。よくよく考えてみたら、「当たり前のことをする」というのは、難しいことなんです。当たり前のことをすることによって、当たり前の世の中になるのにね。

今年、東京都が全国一斉テストというものをやります。なんと、昭和三十年以来なんですよ。なぜ、昭和三十年以来かと申しますと、「全国一斉テストをやると、学校差別になる」といって、組合の先生がずっと反対してきたんですね。そのためにできなかったんです。今年は、「個別校のデータは公表しない」ということを約束した上で、全国一斉テストをやることになりました。

私は前回の『午前8時のメッセージ』の中で、教育者、森信三《もりしんぞう》先生の「テストとは何か」という話を取り上げました。テストで子どもが三〇点を取ったのは、先生が、その子どもが三〇点しか取れないような教え方をしたからではないでしょうか。つまり、「子どもに対するテスト」というのは、実は「教師に対するテスト」なんですよ、ということですね。

ある先生が教えたことに対して、子どもたちが悪い点数しか取れなかったのは、その先生の教え方が丁寧ではなかったからでしょう。丁寧でなくなったのは、あまりにもいろいろな校内雑務を押し付けられたり、保護者からの要求が多かったりして、その先生に、教師としてのエネルギーを十分に果たせるような環境をつくってあげなかったからでしょう。これは、戦後の民主主義の名における、日本の教育の一番大きな偏向です。先生あっての子どもともいえるんですよ。そうじゃなきゃ、子どもがかわいそうではないですか。先生が夢中になって、子どもの目を見ながら、子どもがうなずくのを見ながら教えられるような、そういう余裕のある立場を先生につくってあげたか、ということが問題なんです。

やはり、学校運営について、納税者である皆さん方が「先生がちゃんと働けるようにしてください」「もう家庭通信をきれいな細かい字でお書きになる必要はありません。今は電話でいいですし、Ｅメールでも結構ですよ」と考えるべきなんですね。

民主主義教育というのは先生が走り回るものだ、というあいまいで自分勝手な解釈をやめて、「ちゃんとした教育をしなければ子どもがかわいそうではないか。私たちの責任じゃないか」という当たり前のところにみんなが舞い降りて、その上で、教育というダンスを始めてみてはどうでしょうか。

「之を養う」のが教育です

今から四年前に、「『静岡県の人づくり百年計画』に参加してください」と石川知事から言われ、今までずっとやってきました。いくつかの提案提議を生かしていただいたのですが、その中に「『養之《ようし》大学』というものをつくろう」という提案がありました。本当はもう少し勉強をしたかったんだけれども、家の都合で心ならずも高卒で社会に出ざるをえなかった人たち。そういった人たちが、社会人として夜間でも通信教育でも、大学教育を受けられる大学です。

その「養之大学」という名前は、どこから付けたか。静岡県長泉町に井上靖《いのうえやすし》さんの文学館がありますが、井上さんがお住まいになっていた家に扁額が掛かっておりまして、そこに「之を養うに春のごとし」と書いてあるんです。「之」とは、「心」ですよね。「心を養う」。つまり、「『もっと勉強したい』というときに、それを教える人が、春がものを育てていくように、ぽかぽかのんびりと育てていってはどうか。これが本当の教育だ」ということなんですね。

「志」という字がありますね。「士」の下に「心」と書きます。この「士」という字は、昔は「之」だったそうです。二時間立ちっぱなしで講演をされるという白川静先生が、『字通』という漢籍の辞典を出されていますが、この『字通』の中にそのことが出てくるんですよ。「心」が、「自分はこれがしたい」「これになりたい」といって赴く先のことを「之」というのだそうです。

考えてみると、うまく授業をしている先生というのは、やはり教員になりたくて、子どもがかわいくて、子どもを育ててみたいという先生なんです。そういう「心」があって、「之」という先生になるんですよね。

こうした「之」は、子どもにもあるのではないですか。実は子どもも、本当はなんとなく「空を飛びたいな」とか「コックさんになりたいな」という気持ちがあると思うんですよ。ただ、子どもだから少し恥ずかしくてそれが言えなかったり、あるいは体系的にそれを言葉に置き換えることができなかったり、自分の意思をいろいろな面で試してみて発言をするということができない。そういう子どもの持っている「之」というものに気が付いて、「之」に対して呼びかけてやる。

つまり、教師は、「自分が教師になりたいんだ」という心があったから、教師という目標に向かって先生になったわけですよね。それと同様に、子どもというものも「之」を持っているはずだから、子どもの心を「之」に向けてやる。「之」をはっきりさせてやる。そのためには何をしたらいいかということを教えてやる。こういうことなんだろうと思うんですね。

八分目の教育

お彼岸も過ぎ、すっかり春になりましたね。あっという間に昼の方が長くなってまいりました。良い陽気ですが、時々寒さも入ってくることがあるんですよね。これを「冴え返り」といいますが、「日本人って、本当に良い感覚をもっているんだなぁ」と思います。寒さが返ってくることを「冴え返り」という言葉に表した、その言葉の表現力。これはすごいですね。

安芸の宮島の宝物館に行きますと、「欹器《いき》」という面白い道具があるんですよ。これは、鎌倉時代のお坊さんが、お弟子さんの教育に使ったのだそうですが、小さな三角錐の壺なんです。三角錐の壺ですから、テーブルの上に立てるわけにはいかないんですね。紐で両側から引っ張って吊るしてあるんです。その三角錐の壺の中に水を入れます。八分目まで入れると、ピタッとその糸が水平になって、水一滴こぼれないんです。八分目以上入れると、クルッとひっくり返って、水は全部こぼしてしまいますし、八分目以下でも、逆方向にひっくり返って水は全部こぼれてしまう。つまり、「八分《ぶん》目の知恵」なんですね。

「腹八分目、医者要らず」という言葉がありますね。なぜ、二分目空けるのか。二分目というのは、実は「遊び」なんですね。「仕事」「勉強」と、そういうストレスばかりを与えていると、三角錐はクルッとひっくり返ってしまうんです。そこで二分目、少し遊びの時間をおいて、「海って広いなぁ。海に比べたら人間って小さいんだなぁ」とか、あるいは逆に、「小さなアリが大きな物を運んでいる。生きる命って大変なものだなぁ」とアリの運搬能力に感動してみる。そういうことが、その人間の情感、情緒というものを育てるんですね。

ですから、八分目の教育というものが、非常に必要だと思うんです。つまり、子どもの中に「之」というものが見つかったら、「それに向かってやってごらん」と教えるのだけれども、お尻を引っ叩くようなやらせ方ではなくて、八分目で止めて、そして子どもと一緒に歌を歌ったり、話をしたり、あるいは、花が咲いて散っていく姿を記録してみるんですね。

家庭の中に「二分《ぶん》目の時間」というものをおいてみてはどうでしょうか。春は、少し気が緩むというか、リラックスできる時間でしょう。そういうときに、二分目の時間、遊びの時間をおいてみる。良い機械ほど遊びが多いんですよ。「リダンダンシー（redundancy）」というのですが、リダンダンシーが多いと、その機械に何かがぶつかってショックを与えられたときに、遊びがショックを吸収してしまうんですね。人生もそうではありませんか。あんまりキリキリやっていると、ポキンといってしまうことがあるんですね。

5　日本再生の美しい土台

インターネットでロマンを結ぶ「絵本の郷」

「少子社会」と言われます。一九九九年に生まれた子どもの数は約百十万人。これに対して、今、還暦に近くなってきた世代、昭和二十三年（一九四八）生まれでは二百七十万人います。この世代は、あまり恵まれた世代、少年生活をしていません。ご飯も半分は麦飯かコウリャン飯かサツマイモ、すぐ靴擦れができてしまうような靴を履いていましたし、寒い思いもしています。おもしろいことに、この世代の人たちは新しい情報化社会をつくろうとする。その場合「何を拠点に、何を情報の種として使うか」ということについてみんなで相談してつくっていく。ところが、少年時代を、つまり人格形成の第一期を豊かに暮らしてきた人たちは、かえって人付き合いが下手なんだそうです。

これからの社会はご承知のようにネットワークの社会です。ネットワーク社会は、顔を合わせないけれども志はお互いに通じ合うわけですね。ただ、志を通じ合う前に「人と会いたくない」とか「人と話したくない」なんてことになると困ってしまいますね。

北海道の旭川のそばに剣淵という人口四千百人の小さな町があります。この町は、各市町村がふるさと創成資金として一億円もらった中の五千万円を使って『絵本の郷《さと》』という町づくりに取り組みました。先日訪ねたら、絵本の原画を八百点、絵本を二万五千冊集めて『絵本の郷』というかわいくてお洒落な建物をつくっていました。

驚いたことに、富山県の大島町、宮崎県の木城町も『絵本の郷』を持っているんですね。たちまち三つの町が、インターネットでネットワークを組んで、日本に今どういう童話作家がいるか、誰《だれ》がどういう傾向の絵を描いているかをインターネットにアクセスすればすぐにわかるようなシステムを作った。これはとても大変なことだと思います。

今、『ポケモン』が四十二カ国で上映され、視聴率がナンバーワンだそうです。成功の秘密は「友情」「共同」「感動」。それが全世界の子どもたちの心を支配したんですね。しかし、肝心の「ロマン」がない。「心」がないんです。一方、絵本は「友情」「共同」「感動」「ロマン」でしょう。『絵本の郷』が情報化時代になって、三つの絵本の町がインターネットで組んで世界に発信しているんですね。「ここに『絵本の郷』があります」ということを。

小泉八雲が「傍から見てるとなかなか変わらない国なんだけれども、気が付いてみるとクルッと変わっている。それが日本だ」という内容のエッセイを静岡県に来る前に書いていますね。「それがこの国の面白さであり不思議さである」と書いているのですが、本当にそうですね。インターネットが使えるようになったら、みんなはさらに自由に変わることができるから、お金やグルメばかりではなく、「どことなく、誰《だれ》ともなく、心のゆたかな国」になれると思います。

『おばあちゃんのスープ』を選んだすてきな町

北海道の剣淵町が『絵本の郷』をつくったお話をしましたが、いよいよ地域活動が始まり、第一回の最高作として表彰されたのが『おばあちゃんのスープ』という童話です。

おばあちゃんが森の中の一軒家でスープを作っていた。ニンジンとジャガイモとキャベツのスープです。雪が降る夜中に「トントン」と戸をたたく者がいる。おばあちゃんが戸を開けるとウサギが「とってもおいしそうなスープの匂いがするんだけれど、ちょっと食べさせてください」と言うんです。「お入り。私の分を分けてあげるから」と言ってウサギに分けてあげると、また、「トントン」とキツネが入ってきて、キツネとウサギに分けてやると、今度はクマが「わしにも食べさせて」と入ってきたんですね。ウサギは「駄目だよ。おばあちゃんと私とキツネの三人でスープを食べたら無くなっちゃうから」と言った。そしたらおばあちゃんが「いや、スープはいくらでもあるんだよ」と言ってクマの分もちゃんとお皿に入れてやる。今度はひっきりなしに「トントントントントン」音がするんでクマが扉を開けてみると、森の中の獣が全部集まってきて「私にも飲ませてください」って言うんですね。おばあちゃんは「幸いね、お皿は取り出せば取り出す程あるもんだよ」と言って戸棚の中からどんどんお皿を取り出して「スープはくめばくむ程あるもんだよ」と言ってスープを分けてやったというお話です。

最後はクリスマスの晩、『おばあさんのスープのおいしいことったら。雪はすっかりやみました。クリスマスの鐘の音が白い森を渡っていきます』。この文章で終わりです。

このお皿、そしてスープを「愛」に置き換えてみると「『愛』は分ければ分ける程沸いてくる」という本質を、この童話はお母さんを通じて子どもたちに渡しているんですね。

この町の人たちが『おばあちゃんのスープ』を読んで一等にした。私は、その心のレベルの高さにビックリしているんです。さらに大切なことは、最高賞に入った十人の方には、幾ばくかのお金のほかに、旭川平野にできたカボチャ、ニンジン、ジャガイモ、ユリの根といった産物を『大地の会』という会がまとめて三年間送る計画になっていることです。こういったことが、私は本当の町おこしだと思うんです。今まで、町おこしというと町に来てくれる人口（交流人口）が多いことや、町にどれだけお金が落ちたかという経済の網を打って計ってしまうんですね。

私は町おこしというのはそこに住む人たちの心がいかに刺激されるか、いかに新しい自分をつくるかだと思うんです。この町は「愛を分かち合う」ことで成功したんですが、森信三先生はたった一人で「愛を分かち合う」ことをされていた。ましてや、家庭の中で親が子に「愛を分かち合う」のは当たり前ではないでしょうか。

テレビ番組の審議の仕方 1

暑い中、国会で論戦が続いています。民主党から初当選した精神科医でもある水島宏子議員が総理に質問する中で、聞き逃せないテーマがありました。「有害テレビから子どもを守れ」という主旨の発言です。この発言は三十年程前から何回も繰り返されて行われてきましたが、子どもの人格形成に対してテレビの放送番組がどれくらい影響を持つのか、堅い言葉になりますが、有意の関係があるかどうか証明できる事例は本当にわずかなんです。

ですから、テレビと子どもの非行を、原因と結果というようにすぐに結び付けないで、恐らく子どもの人格形成に大変な影響があるだろうから、マイナスな影響を与えるものについて規制しなければいけないのではないかという考え方で流れてきています。検討する場としては、静岡県のＮＨＫや民放各局に「番組審議会」というのがあります。有識者が集まって、月に一回「あの番組は良かった」「この番組は少しどうかと思う」といったことを審議します。これは『放送法』によって決められた、法的に認められている一つの装置です。また、私は「放送番組向上協議会」の委員長をやっておりますが、これは各地の番組審議会のもう一つ統括的な全国的な機関として位置付けられます。

ほかに「子どもとテレビ放送委員会」があります。比較的新しい組織で、委員長は人格者で知られる元共同通信会長の原壽雄さんです。もう一つ「テレビによって人権侵害をされた」と訴えがあった場合にそれを調査して民間放送局に対してしかるべき処置をさせるために「テレビ放送の倫理に関する委員会」があります。以上、各テレビ局が依嘱している放送番組協議会以外に全国的な組織が三つあり、子どもや家庭への影響を話し合っています。

外国ではどうでしょう。厳しいのはドイツです。ドイツの憲法裁判所は「考慮に入れられるすべての勢力をその組織の中に取り込むべきである。すべての番組に対して組織の中での発言の機会を持つことが求められる」という風に、判例を持っています。社会的な構成要素であるいくつかの勢力で、その勢力の代表者を組織の中に入れて、その組織と放送相手と受信者との間に問題解決の話し合いをしなければならない。しかもすべての番組に対して、放送局以外の人たちが発言する権利があるということなんですね。

イギリスでは公共的なものはマンデイト（国民に付託するという意味）されています。BBCは公共放送ですから、お願いされている立場から、それ相応のことをお願いした方に回答しなければならないために、きめ細かく、例えばロンドンの市中だと三十程度の放送番組審議会があり、月に一回お父さんやお母さんと一緒に放送局の人が出向いて番組を審議しています。フランスも大体それに似た方式です。地域を分けて代表者を出す。日本の場合は有識者、経験者という網のかぶせ方でやっているわけです。

テレビ番組の審議の仕方 2

引き続いて、テレビと子どもの関係について考えてみましょう。

掛川市の「ねむの木学園」の例を紹介したいんですね。ねむの木学園では、創設者の宮城まり子さんのご意志によって、一切テレビを見せないそうです。一台も置いていません。すると、何が起こったと思いますか。学園の子どもたちは、障害を持つ子どもさんが多いのですが、テレビのない世界に入る。最初は戸惑います。でも慣れてきたら本を読み出すんですね。学園の子どもたちは、サン・テグジュペリの『星の王子様』からミヒャエル・エンデの『モモ』など世界の名作をほとんど読んでいるんですね。

これをどういうふうに思われるでしょうか。「じゃ、うちの子どもにもテレビを見せない」なんてお考えにはならないでしょうね。難しいですものね。すると今度は、家族と一緒に見る番組を選ぶという手がありましょうか。

もう一つ、考え方があります。静岡県の人材育成にあたって、徹底的に足を使って町や村に出かけて行って、その地域社会の方とお話しようという狙いで静岡県がつくった「人づくり百年の計委員会」というのがあります。私が会長なのですが、スローガンは「意味のある人をつくるために」というものです。意味ある人の第一条件は、自立できる人、自分の考え方を持っている人、自分の考え方で行動のできる人です。要するに、私たち委員会が考えているゴールは、テレビを見ない子をつくるのではなく、テレビを見る時に選択権の強い子どもをつくりたいというものです。みんなが面白がっているタレントさんが出ているから見るのではなく、僕の考えから見たい、私に役立つから見たいと、自分の選択権によってチャンネルを合わせることができる子どもなんです。

テレビとの付き合い方には、ねむの木学園のようなやり方もあります。あるいはイギリスのBBCのように、地域社会を細かく分けて地域社会ごとに小さな放送番組審議会を作って、発信者と話し合う方法もあります。しかし、私はテレビを積極的に利用すべきだと考えます。このくらいの映像と音声と光と、情報をたくさん運んでくれる道具はほかにはないのですから。

問題はこっちに何が知りたいんだというはっきりした情報選択の物差しを持つこと。更に、視聴者が主体性を失うことなく、受け手が主権を持って、送り手を従者として、道具として育てるような力を持ちたいということです。もちろん、そこまで子どもが成長していなければ、お母さんと一緒に見る番組、あるいはお母さんが選んであげた番組といった付き合い方が私はあると思います。

テレビを一方的に罪悪視しないで、私たちが獲得したテレビという一つの文明の装置を、自分たちを知的に成長させるためにいかに使うか。主体性の問題ではないかと思います。

童話が変わった―『ハリー・ポッターと賢者の石』

奈良県の薬師寺というお寺に、世にも美しい三重塔があります。佐々木信綱という歌人の作品に「行く秋の　大和の国の　薬師寺の　塔の上なる　一片《ひとひら》の雲」という歌があります。優美な高い塔の上に一片の雲が浮いている。いかにも秋という感じですね。

「行く秋」は読書の季節、そこで「童話が変わった」というお話をしたいと思います。内容というか表現方法が変わった。二、三の本を例に申し上げたいのですが、一つはＪ・Ｋ・ローリングという女性の書いた『ハリー・ポッターと賢者の石』『ハリー・ポッターと秘密の部屋』です。今大変な人気です。静岡県下の江崎書店という本屋さんで第一巻と第二巻が、売り上げの一位と二位でした。全部で第七巻まで出るそうです。

『ハリー・ポッター』の主人公のハリーは、両親が魔法使いで、生まれた時額に稲妻の痕がある、いわば魔法使いの中の名門の子です。この子が魔法の学校に入ります。魔法の学校に行く時にロンドンから電車に乗るのですが、「九と四分の三線に乗れ」と言われます。駅に行くと九番線と十番線はありますが、九と四分の三線というのはないんですね。「どこだろう?」と泣きそうになってうろうろして「とにかく行ってみよう」と九番線と十番線の間を歩いて行くと、突然九と四分の三線という改札口があってそこから通る。最初からわくわくして面白いんです。

学校には悪い魔法使いと良い魔法使いがいて、悪い魔法使いがポッターを殺そうとしますが、失敗するというストーリーです。その魔法学校の校長先生がハリー・ポッターの味方になります。校長先生がハリーに「敵に立ち向かって行くのにも大いなる勇気がいる。しかし味方の友人に立ち向かって行くのにも同じくらい勇気が必要なんだよ」と言って聞かせます。私は、この辺に爆発的に売れた秘密の一つがあるかなと思ったんです。

今までの童話や物語は、敵と味方にはっきり分かれて、味方には優しく敵には厳しく展開しましたよね。また、昔の親は子どもに伝える時に白か黒か、善か悪かという二項対立の形で教えていたんです。ところが、実際に人間が生きていく上で、そうすっきりとは分けられません。今の子どもは、友達の中にも競争相手がいることを認めたり、裏切られたり、仲の良い友達が嘘をついたりということもあるんだろうと思いますよ。それに対しても立ち向かっていくこと。それが本当の正義だと教えるんですよ。

先日、イギリスのBBC放送を見ていたら、午前三時にこの二作が売り出された時の映像が映っていて、四、五歳の子どもたちが本屋さんの前にずらーっと並んでいました。現在、二十八カ国語に翻訳され百四十二カ国で売られて、八百万人が同時に読んでいるそうです。今、人々が必要としているものは何か。それを考えるいい材料になりますね。

若者と人間関係

フリーターという言葉をご存じですよね。特定の会社や組織に勤めないで、拘束されない仕事、あるいはマニュアルの決まっている仕事をこなして月給なり日給なりをもらっている人のことです。だんだん増えてきて全国でも二百五十万人から三百万人といわれています。

フリーターには三種類あるんですね。一番目は「やつし型」で戦前からありましたね。他にはっきりした目標があるが、その修行をするのに親が面倒を見てくれる状態ではない、自分で頑張るしかないというタイプ。作家の水上勉さんはフリーターの総本家みたいな方で、『雁の寺』で直木賞をお取りになるまで、三十七も職業を変えたんですよ。現在も役者やコピーライターを目指して、他の職業で生計を支えている人はいますね。これを昔は「やつし」と言ったんです。二番目の「面白がり型」は、面白い仕事だからやっているが、「組織に入るのが嫌だ」「会社員になるのが嫌だ」というタイプ。こういう人は割合とニコニコしてて元気なんですよ。三つ目は「フリーター以外にやれないからフリーター」というタイプです。

問題なのは三番目の人たちです。背景に、他人と関係を持ちたくないという気持ちがあるんですね。実際に、中学三年生くらいから「他人と関係を持ちたくないけれども、全く関係を持たないのは寂しいからちょっとだけ関係を持つ」、「お互いに心の中に踏み入れない程度に交際している」という発言が出てきます。

一カ月ほど前、「全国高等学校デザインコンクール」があって、今年で八年目になりますが、審査員長として驚いたことがありました。第二位になったチームが、携帯電話のワンコールフォンを色で表現するという提案をしているんです。ワンコールフォンというのは「元気？」とか「病気は治った？」とか「寂しくない？」とか一言だけ言って切るもの。言葉だとボタンを押さなければならないから、色でやったらどうかというアイデアです。例えばピンクの場合は「元気？」、「会わない？」はブルーで送る。これだと無料でいけるというんですね。専門家によると、この方法があと二年くらいで実現するそうです。

さて、その高校生たちに発案の理由を聞いたら、高校生が今、電話をかけるときはワンコールがほとんどだからなんだそうです。ある調査では九三％の高校生がワンコールフォンで、一番多い言葉は「寂しくない？」。寂しいというのが動機なんですね。寂しかったら、友達をつくればいいいんですよね。けれども、お友達をつくってしまうとうざったくなるんですね。「じゃあね」くらいで別れる友達が欲しいんだと。こういうところに来ているんですね。

つまり人生に対して何一つ積極的になりたくないというのがあるんです。いつでも距離をおいておきたいと。これが就職の場合も「縛られない職業がいい」とかあるいは「フリーターがいい」とか、そういうふうになっていくようですね。

「砂漠の思想」と「森林の思想」

現在の地理学や人文科学の中で、「砂漠の思想」と「森林の思想」というとらえ方があります。「砂漠の思想」ですが、砂漠には水がありません。「どこにオアシスがあるんだろう?」と常に遠くを、しかも三六〇度をグルリと見渡している。ですから、洞察力が働くと同時に、余計なことを見ない、つまり物事を単純に考えて、要素だけに目を当てていくという習慣が、砂漠から発生した人間には身に付いているというんですね。

一方、日本人は、森林の中から発生した人間ですよね。この場合は、単純と複雑です。つまり一本の木を見ている分には単純ですが、何本も木がある。何本も木があるから根っこが水を抱えてくれて、人は水を探して砂漠の中を歩き回ることをしないでも済むわけですね。そういうふうに、部分を見ながら全体を見る、全体を見ながら部分を見るという見方、つまり「複眼の思想」といいましょうか、単純に、砂漠の彼方のオアシスを探そうと一点を見つめるのではなくて、二つのものを同時に見て判断していく。そして見たものを二つながら許していくというのが「森林の思想」としてあるんですね。

「野中の一本杉」という言葉と非常に似ているのですが、「野中の一方杉」という言葉があります。十本ばかりの大きな杉の大木、いずれも千年も生きている木で、幹の周りが八メートルほどあります。一度、明治の終わりに伐採されそうになりましたが、世界的な細菌学者、南方熊楠《みなみかたくまぐす》博士を先頭に地元の人が反対をして、どうやら命を取り留めたんです。

ところが最近、杉の葉っぱが枯れだしたり、幹がザラザラになったりして杉の健康がおもわしくなくなりました。どうしてだと思いますか？　環境学者たちが見にいったところ、観光開発のために、杉の周りのツタカズラや灌木《かんぼく》がきれいに切り払われてしまっていた。周りの木を切ってしまったがために、杉が枯れだしたんですね。

千年の命を長らえてきた十本ほどの杉は、周りに灌木があって、それにツタが生い茂り、そのツタがツルを伸ばして杉の木に絡んだりする、その全体の中で生きていた。それを人間が欲張って、観光のために周りの木を切ってしまったことで、駄目になってしまったんです。

全体を考える場合にその全体を支えている個の力を考えるということ。こういうところから、「森林の思想」というのは、例えば木一本、石一つ、一センチ四方の苔《こけ》、全部に神様が宿っている、つまり、「山川草木《さんせんそうもく》ことごとく皆仏」という思想なんですね。

ところが「砂漠の思想」というのはそうではなく、「歴史は神の計画に従って進行していくもの。だから、その計画に従って進行する上で、邪魔なものがあったらそれを取り除いていいんだ」という思想になってしまうんですね。非常に早く地域開発や観光開発を行うのですが、それなりに支障が出てくるというわけなんです。次に続きます。

美しい日本語がある限り…

「砂漠の思想」と「森林の思想」は対立しているのか、という問題が出てきます。今までの私の話の中では、対立した思想を持っていますよね。ところが、面白いことに、神話の世界に入ると大体同じなんです。

日本の神話の中で一番特徴的な話はこれです。素戔嗚尊《すさのおのみこと》（須佐之男命）という大変に乱暴な神様が、天照大神《あまてらすおおみかみ》の部屋に馬の皮を剥《は》いだものをポーンと投げた。天照大神は驚き、天《あま》の岩屋戸《いわやと》にお隠れになってしまう。そこでほかの神様たちが集まって、「何とかして出ていただこう」と相談し、天鈿女命《あまのうずめのみこと》が天照大神を天の岩屋戸から招き出したという話です。

ところが、大体同じような話が、ギリシャ神話にもあるんです。天照大神に当たるのが、デメテルというとてもきれいな神様です。素戔嗚尊に当たるのが、海の神様であるポセイドンです。このポセイドンという神様は乱暴者で、素戔嗚尊といい勝負といった感じなんですよね。このポセイドンがデメテルに惚れてしまい、牡馬に乗って彼女の元へ突入していくんです。デメテルは驚いて牝馬に乗って逃げ、そして大変な追いかけっこになります。日本ではここで天鈿女命の出番になるのですが、ギリシャ神話の場合、全く同じ役割をするのが、モイライというもう一人の神様なんです。この人は、説得の神様なんですね。デメテルをかくまい、そしてポセイドンに向かって、「あなたは神様なのにそんなことをなさってはいけませんよ」と説得をして、物事を収めるというわけです。

神話の世界では、大体同じストーリーが語られるということ。これは、人間のイメージの世界ですが、現実に生きていくときには、環境とどのように折り合いをつけるかによって、思想が変わってくるというわけなんです。「森林の思想」になると、「全体が活きるためには、どんなにつまらなそうに見える『個』も活かしていかなければいけない」というテーマが出てくるんですね。

「森林の思想」というのは日本だけではありませんよね。アジア文化圏の中には、非常に森林が多いです。ただ、その中で日本というのは、言葉を使う場合に、非常に美しい言葉を紡ぎ出すんですね。一体それはどこから来たのでしょうか。

素晴らしい詩人なのですが、無名のまま肺結核で亡くなった人がいました。その方は亡くなる前に、終戦直後の焼け跡の中で小林秀雄《こばやしひでお》さんのモーツァルト論を読んだんですね。そして「こんな美しい日本語がある限り、日本は滅びるはずがない」と言って死んでいったといいます。しかし、その言葉を言い換えると、「日本語がこんなに駄目になってしまったから、日本は永らえるはずがない」ということになるのでしょうか？

子どもグループをつくろう

消えていった文化の一つに、御夏飯《おなつめし》というものがありました。例えば、伊豆の田方《たがた》郡では、お盆になると十四歳の娘が、かまどで炊いたご飯を無縁仏に振る舞ったというんですよ。それを餓鬼飯《がきめし》とか御夏飯といったんです。とても面白いなと思ったのは、無縁仏に振る舞いをするときに、娘たちは腰巻を取っていたというんですね。やはり、無縁仏に対して母親の匂いのようなものを感じさせるためなのでしょうか。その振る舞いが終わった直後から、前の晩に作った新しい腰巻をして夜を明かすのが風習だったといいます。

この御夏飯をどうしてここで紹介したかったといいますと、無縁仏に対する哀れみというものを、年に一回、日本人が行事としてやってきたということ。それが社会のもっている優しさや涙だと思うからなんです。しかし、だんだんと行事がなくなると同時に、そういう気持ちも薄れていったのではないでしょうか。

そのことについて、日本の民俗学の大家でいらっしゃる柳田國男《やなぎたくにお》先生が、『こども風土《ふど》記《き》』（角川書店、1960年）という本をお書きになっています。この本のまえがきの中で、柳田先生は「味も匂いもすり切れてしまってから、ただ義理だけに敬われるようなことのないように、時の古今にわたった国語の統一ということが、もう考えられてもよかったのではないか」と書いていらっしゃるんです。

このまえがきをお書きになった日付を見て、私は本当に驚きました。昭和十六年十二月十四日なんですよ。太平洋戦争が始まったのが十二月八日。その一週間ほど後に、ご自分の本の中で、文化が失われるということに対しての悲しい心情を述べ、何とかしてせめて国語だけは、美しいものの言い方、正確なものの言い方、日本語であるがための言葉、そういうことは残していくべきではないか。残すための統一的な選択をする。その運動を始めるべきではないか、と書かれているんですよ。環境がどうあろうと、その民族社会にとって一番大切なことを伝えるべきではないか、とおっしゃっているんです。

私が現代の世の中に復活してもいいな、と思うのは、子どもならではの、子どもだけのグループづくりです。なぜそれが必要かと申しますと、そのグループの中で、子ども自身が、みんなで相談しながら自分の文化をつくっていく、というんです。昔は少年団や青年団というものがありました。ボーイスカウトもいいのですが、その一つ手前の子どもグループというものが、「夏休みだから」「冬休みだから」ではなく、日常的にどうやったらできるのかということを考えています。これは、地域社会のお父さんやお母さんの知恵を拝借しないとできないことですね。やたらに楽しい子どもグループというものをつくるだけではないんじゃないですか。

ガキ大将全国大会をすすめる

例えば「べーゴマ」や「メンコ」といった、子どもの言葉がありますね。私たちは「メンコ」といっていたのですが、東北では、打つときに「パチッ」と音がするから「パッチ」というんです。全国的に違うんですね。

べーゴマ同士をぶつける土俵がありますが、今は、プラスチックできれいにできたものが売られています。ご存知ですか？　昔は空のみかん箱を立てまして、その上に古いゴザを敷いて、そこへ霧を吹いたんです。べーゴマのお尻が滑らないように。そうやって遊んだんですね。全部子どもが開発したんですよ。すごい知恵だと思いませんか？

『こども風土記』（柳田國男著、角川書店、1960年）の中にはいろいろな楽しい話がありますが、こういうことが全国的に共通してあったんだな、と思ったことがあります。

戦前の農村には、モグラがものすごく多かったらしいですね。昔は肥桶《こえおけ》というものがありましたが、その肥桶の腹を棒で擦ると、キーキーキーと音がします。あの音を、モグラが大嫌いだということで、農村ではどこでもその音を立てて、モグラを地面から追い出したといいます。

また、モグラというのは、どういうわけかナマコの匂いが大嫌いなんだそうです。そこで、買ってきたナマコを引っ張って畑中を走り回ると、モグラが「参った」と出てくるんですね。

ナマコのことをトウラゴともいいますが、東北ではその代わりにトウラ、すなわちたわしを引いたところもあったそうです。

このような例が全国にたくさんあるといいます。人々はモグラに対して悩んでばかりいないんですね。何かのきっかけで、モグラがナマコを嫌いだという知恵をつかむんです。このような知恵が、殺虫剤や駆除剤ができることによってどんどん消えていった。今の方が便利で効率的なのでしょうが、文化や伝統は消えていくわけです。

それから、子ども組というものが昔は随分たくさんできていました。面白いことに、日本全国あらゆるところで十五歳の子どもが「親玉」や「大将」と呼ばれていたんですよ。

そういう文化を何とかして伝えていく必要があるのではないか。その中でも殊に必要なのは、子どもが自主的につくったグループの中で育っていき、自分たちの言葉や、自分たちの遊びを開発していくということ。いじめなどが起こったときに、どうやったら抑止できるか、いじめに対してどんな制裁を与えるか、そういう組織人間の初歩的な知恵を身に付けるということが大事なんですね。そう、ガキ大将全国大会なんかどうです。

柳田國男（1875〜1962）＝日本民俗学の創始者。貴族院書記官長を経て、朝日新聞論説委員として活躍。民俗学研究を主導し、民間伝承の会・民俗学研究所を設立。主な著作に『遠野物語』『後狩詞記』『蝸牛考』などがある。

日没三十分後を閉館時間にする素敵なまち

今日は節分の日ですね。豆まきです。お宅でなさっていますか？　私は、風習は風習として、伝統は伝統としてつないでいった方がいいように思います。なぜそういうことを申し上げるかというと、伝統にはそれ自身、子どもを育てていく価値というものがあるだろうと思うんです。

私は、先日松江に行きましたが、本当に驚いたことがありました。島根県立美術館というところで、イタリア彫刻展をやっていたのですが、私は東京の風習に流されているために、「大体、五時閉館だろう」という感じで行ったんですよ。ですから、四時半ごろ入って、「三十分でもいいから見たいな」と思っておりました。そして切符を買って受付を通過するときに、受付の女性に「閉館時間は何時ですか？」と聞いたんですね。すると、「宍道湖《しんじこ》に日が落ちて三十分後が閉館時間でございます」と言うのです。

私は「さすがに、松平不昧公《まつだいらふまいこう》のつくった文化の都市というのは違うな」と本当に感心しました。その応答の中に、「それでぇ」とか「だからぁ」といった言葉はいっさい使わず、きれいな日本語で話してくれたんです。まあ、本当に驚きました。また、借景という考え方がありますが、この美術館はその考え方をもっと積極的に生かして、どこの階からでも宍道湖が見えるという設計になっているんですね。

そして、その足でルイス・C．ティファニー庭園美術館に行きました。これがまた素晴らしい美術館なんですね。ティファニーの主要な作品がほとんどといっていいぐらいに展示されているんです。

ルイス・ティファニーは、『木洩れ日の森』という傑作の名に値するステンドグラスを作っているのですが、そこにこんな詩がついています。

太陽の光は人に生命を与え
月の光は人に愛を与え
木洩れ日は人に優しさを与える

うまいですね。太陽、月まではだれでも考えますが、木の間から洩れてくるチラチラとした日の光、あるいは光の矢といってもいいでしょうか、それが優しさを育むというんです。「さすがにこれだけの詩の心があって、それであの繊細なティファニーの作品ができたんだな」と私はつくづく思いました。その傑作にも劣らないほど、県立美術館の閉館時間の決め方は意味が深いと思います。

受け継がれていく教え

戦前からよく読まれていて、私も三十年くらい前に「この本は読んでおけよ」と先輩から薦められた中国の本をご紹介したいと思います。呂新吾《りょしんご》という人の『呻吟語《しんぎんご》』という本です。とても面白い言葉がたくさん出てくるのですが、「世教」という言葉を取り上げてみたいと思います。

呂新吾という人は、明の時代の学者なのですが、一五三六年から一六一八年まで、つまり十六世紀から十七世紀の初めを生きた人です。長生きをして、八十三歳で亡くなっています。三十九歳で国家公務員試験に合格しました。昔の中国の国家公務員試験は、ものすごく難しかったんですよね。「進士」といいますが、その試験に合格したわけです。彼は、「資性魯鈍《しせいろどん》なれども、澄心体認《ちょうしんたいにん》の人」だったらしい。「本質的には鈍いけれど、非常に集中力があり、体を通じて、経験したことをしっかりと覚える人」という意味です。

彼は、国家公務員試験を通って、行政官として地方へ行きました。県知事のようなものです。そこで三、四年行政官をして、また都に帰ってくるわけですが、彼が地方行政官として治めた土地は、明の時代が終わり清の時代になっても、「お嫁さんを貰うならあそこから貰え」「お婿さん探しをするのなら、あそこでお婿さんを探せ」と言われるぐらい、人心が良くなったというんですね。

彼は、「政治を行う上で一番大切な問題というのは、「世教」というもの、世の中に受け継がれていく教えというものを、政府も、地域社会に住む人も、みんなが力を合わせてつくり、そしてそれが失われないようにしていくことではないか」と言っています。

昔から、禅のお坊さんは「一花は開く、天下の春（一つの花が開けば、天下に春が一斉にやって来る）、一波は動かす、四海の波（一つの波が動けば、海全体の波が動き出す）」ということを言いました。この「一波は動かす、四海の波」の「波」というものを、「祈り」といってもよいし、「思いやり」といってもよいし、「老人介護」といってもよいし、「地域社会の伝統」といってもいい。そういった波を見つけて、「あのまちに行くとみんなが挨拶をするよ」とか、「みんながニコニコしてるよ」など、何か特色をもったまちづくりが、学校の総合時間などを中心としてできていくというのは、素晴らしいことだと思うんですよね。

インドのタゴールというすてきな詩人が、「子どもと接するのに私心がなく、偏らず、彼らを花のように愛することができる。そういう国の国民ですね。日本人というものは、子どもを愛しているんだなと私は思いました」という詩を作っています。いいでしょう？　こんな社会をつくってみたいものですね。

目前心後《もくぜんしんご》　1

「目前心後」という言葉があります。これは、宮本武蔵《みやもとむさし》をはじめ、武芸者たちが非常に心にした言葉でした。つまり、目の前の敵と向かい合っているときは、敵の動きをよく見ることはもちろん、敵と自分とを包んでいる空間、それに対しても心配りというものをしていないと後れをとるということですね。

例えば、これはあらゆるスポーツにいえることなのでしょうが、太陽に向かっているときに、太陽光線が非常に邪魔になることがありますよね。ましてや、一対一の個人競技の場合は、太陽光線とかライティングの関係というものが、目の神経に対して大きな影響を及ぼすことがある。それで負けてしまうということがあるわけですね。ですから、「目前心後」という言葉は非常に難しいように聞こえるのですが、私たちが日常生活をスムーズに、下手なつまずきをしないで過ごすためにはこういう心得が必要だ、ということが言えるのではないかと思うんです。

教育問題で言いましょう。教室の中をウロウロ歩く、多動性の子どもがいますよね。昔から大体「落ち着きがない」という言葉で言われていましたが、先生は非常に苦労なさるんです。ところが、どうしてウロウロするかというと、ドーパミンという脳内物質が足りないからなんですよね。その分泌量が少ない子どもはどうしても落ち着きがない。その子の性格とか能力とかではなくて、物質の問題なんですね。ですから、これは薬で抑えられるんです。医務室に連れていって、ドーパミンが増えるような錠剤を飲ませて少し寝かせておく。そしてまた教室に戻せば、ウロウロがなくなるわけですね。そういうことは非常によくわかっているのですが、日本の場合は、「目前心後」がそこで働くんですよ。それをやると、「ウチの子どもを、他のクラスメートたちに対して、頭が少しおかしいとか、欠陥児だと公表することになってしまうのではないですか。先生、それは人権問題ですよ」と親が言い出す。このねじ込みが多いんですよ。ただ単に一つの障害にすぎず、しかも錠剤で治るぐらいの軽いものなんですね。だったら錠剤で治して、その子に正規の授業を受けさせ、一番大切な初期の人格形成のときの教育情報をしっかり積ませた方がいい。これが「心後」ですね。

ところが、人権問題とか差別という言葉を、すぐに日本人が口にするようになった。つまり、情報に対する直接反応。殊にわが子のことになると、それこそ親がキレてしまうんですね。つまり、目前の情報だけで態度を決定し、価値判断をしてしまうということがあるわけです。このことは、随分と私たちの間に反省すべき点が多いのではないかと思いますね。

目前心後 2

現在の家庭の食事はというと、デリカテッセンから買ってきたものを温めるだけ。朝昼晩のうち、二食ぐらいがそれで終わってしまうんですね。そういう中で何が失われているのか。もちろん、料理を簡単にすることで得るものがあります。お母さんが外に出て、パートタイマーで所得を増やしたり、社会生活を豊かにするということもありますね。しかし、お米までもといだものを買ってきて、後はお湯につけて火にかければいいという状態になるのはどうでしょうか。お米には「おも湯」があります。「一分粥《がゆ》」「三分粥」「七分粥」があります。そしてご飯です。つまり、一粒のお米を五種類に料理する方法が昔はあったわけです。しかも、人間が食べるときの体のコンディションに合わせてお米の柔らかさを変えたわけですね。

「おむすび」という言葉がありますね。なぜ、むすぶのか。「むす」というのは「生る」という意味です。『君が代』の中に、『苔の生すまで』という歌詞がありますよね。あれは「苔が生《はえ》るまで」という意味です。「び」は「霊」のことをいうんです。「命」です。お米の持っている霊を、手のひらの中でむすんで相手に差し上げる。それが「おむすび」なんですね。旅に出る子どもにおむすびを渡すとか、一つのおむすびを分け合って食べた仲とか、とっても意味の深い言葉があるわけです。そういう、日本人が持っていた大きな宇宙の生命力や関係において、私たちの生活が成り立っていたという視点も覚えておきながら、デリカテッセンを温めるという生活をする。それが「目前心後」だと思うんです。

つまり、簡単に買ってきて、温めて食べてしまうというのが「目前」ですね。そのために何が欠けるかというと、食事というものに秘められた日本の文化性というものが落ちてしまう。「いちいち、文化性を考えながら食べるのは大変だよ」と言うかもしれません。確かにそうなのですが、それを埋める方法があるんです。いわゆる「袋の味」でもいいんですね。例えば、一週間に一回、十日に一回、「鍋の日」というものをつくって、鍋を直箸《じかばし》で突つき合いながら食べる。そうすると、おのずと親子の間に会話というものが出てくるんですよね。人間というものは、食べると心が幸せになるんです。身体が暖まると、血液が大脳に回って、大脳の動きがよくなるんですね。そういう意味で、合理的な生活というものを最後の目的としないで、その手段の上で、もっと大きな人間らしい目的を果たしていくということが必要だと思うんです。

つまり「目前心後」というものは、私たちの行動を単純化しないで常に重層化していく。文明というものがあるとするならば、文明と文化を重ねていくこと。難しく言えばそんなことになりますかね。

6　意味ある人

「道楽」は学問の原点

今日のテーマは「道楽」です。「あらあら」と思われるかもしれませんが、悪い言葉ではなく仏教用語です。隠者、つまり社会の仕事をし終わって、次の世代に仕事や責任を譲り後は悠々自適、という人たちが楽しんだことを道楽と言います。

面白いのは江戸時代の道楽です。江戸時代の社会は、経済成長がゼロの定常社会。元禄のころには、新田の開発を止めてしまっている。人口もそんなに増えないものだから、やっていけたんですね。定常社会では、当然、時間が余ります。武士の場合、勤務時間は一日五時間くらいです。その余った時間を道楽に使ったんですね。

道楽には三道楽というものがあって第一は園芸、二番目は釣り、三番目は学問でした。ガーデニングがあり、釣りがあり、学問がある。道楽で学問をやるなんて素敵ですね。もっとも学校、学問、学ぶは、ギリシャ語でスコラと言います。スコラの語源は暇《ひま》。そこからスクール（学校）という英語ができたんです。つまり、暇が人間の教養をつくる、逆に言うと教養のある人は暇な人とも言えますね。

神沢杜口（貞観）という与力が京都におりまして、四十歳まで与力を務めた後、娘婿に家督を譲ってボランティアになります。元の職場にたくさんの事件の資料が詰まっているのですが、ここへ資料整理に入るんです。整理をしているうちに、事件や記録を読み出して「こんな心中があったのか」「こんな盗人がいたのか」と面白がってそれを克明に写したんですね。写しに写してしまいに『翁草』という本にしました。それが二百巻もあります。ちなみに作家の森鷗外はこれを全巻読んでいて、世にも悲しい小説『高瀬舟』の原典はこの『翁草』にあるそうです。

そうかと思うと、五十歳の農民が、京都の伊藤東涯という屈指の儒学者の門下生になり勉強を始めます。「今日はこういうことを習った」といった日記を自分の言葉で書いているのですが、「学問とはこんなに面白いものか。努力をしてやるものだと聞かされてきたがそうではないんだなぁ。どうして学者やなんかが出てくるかというと面白いからみんな学者になるんだな」と書いているんですね。

これが本当に学問の原点ですね。一農民が伊藤東涯のところへ入って、学問が持っている面白さを悟る。自分の世界を自分で開いていく面白さを人間が悟った、ということでしょうか。私は、そういうことが素晴らしいな、と思っています。

定常＝常に一定していて変わらないこと。物理学などで「定常状態」というと、流体の流れの速さや電流の強さなど状態を決める物理量が、時間とともに変わらないで、一定に保たれている状態を指す。

古書を古読せず、雑書を雑読せず

私は本を読む時にこの人の言葉を思い出します。天竜川の改修工事をやった金原明善《きんぱらめいぜん》という人の言葉です。

金原明善は郷土の偉人として知られていますが、明治政府に行って「これから天竜川の改修工事をするのだが、ぜひお上のお金を頂きたい、公的資金を導入してください」と訴えます。この人の偉さは「私の家の土地、家屋、資産を全部担保に出しますから、公的資金を導入してください」というあたりです。公の仕事をするために、自分個人の財産を担保にするという。今、公的資金で問題になっている大会社の社長さんは、自分の財産を出すなんて考えてもみないでしょうね。

さて、彼は読書をするにあたってこういう言葉を残しています。「古書を古読せず（古い本を古い時代の話だと思って読まない）、雑書を雑読せず（雑誌類を雑な気持ちで読まない）」。つまり、古書も雑書も全部自分の問題意識の中で読むということですね。

面白いから読むでもいいし、「人生も半ばを過ぎた。この辺で自分というものをまとめてみよう」というところからでも、「静岡で生まれて日本で育って、日本って一体どういう国だったのだろうか？」でもいいんです。歌の好きな人なら、「昔の懐かしい歌は、どうして今歌われないのか？」でもいい。

それぞれの問題意識で読んでみると、古書を古読しない。古読しないと「百年も前にこんなことを言っていたんだ」と驚くことがある。雑書の片隅に、名もない人の投書でキラッと一行光る文章があって、「ああ、こういうことだったのか」とそれこそ目から鱗が落ちる思いがする。そういう発見があるんじゃないかと思うんですね。

「古書を古読せず、雑書を雑読せず」というのは、江戸時代の人たちが道楽で学問をやったように、面白いからやったんですね。自分を鍛え直すとか心を洗うとかいうシャチホコばった難しいことではありません。その面白いからというのは、自分の中で起きた問題意識を解いてくれるのが学問だったということ。それはなんていうか、出会いですかね。

というわけで、夏休みに本を一冊か二冊読みきってしまうというのはどうでしょう。今からでもいいんじゃないでしょうか。秋風が立つころ、「ああいい夏だったな」と振り返ることができると思います。

金原明善（1832〜1923）＝治山、治水の貢献者。長上郡安間村（現浜松市）生まれ。治河協力社を設立し、天竜川の水防に努めた。のち水源涵養林の必要性を知り、龍山村にスギ、ヒノキ二百九十二万本を献植、金原治山治水天城御料林や県基本林の造成も手掛けた。

「初心忘るべからず」の真意

秋になりまして、同窓会で奈良へ参りました。食通の人には知られている料理屋へ行きましたら、お料理はおいしかったのですが、ちょっとがっかりしたんですよ。そこに来た作家とか芸能人とかスポーツ選手とかを片っ端からつかまえて色紙を書かせたらしく、色紙が壁にズラーッと貼ってあるんですね。まるでラーメン屋さんみたいです。

見ると、その色紙に三枚同じ文句があったんです。「初心忘るべからず」――日本人がとても好きな文句ですね。日本文化の一つ、能の基礎を築いた世阿弥の言葉です。しかし、実際は、この「初心忘るべからず」は下の方の文句で、世阿弥は年代によって三つの言葉に分けています。若い人に言う時には「是非の初心忘るべからず」、中年の人に対しては「時々の初心忘るべからず」あるいは「時分の初心忘るべからず」、お年を召した人に対しては「老後の初心忘るべからず」と三つあるんですね。

「是非の初心忘るべからず」というのは、若い人が能舞台に立って舞った時に「ああさすがにいいなあ。あの役者には華《はな》があるなあ。やっぱり若さだな」とほめられるけれども、「それは若さの故だぞ、おまえの芸を誉めているのじゃないぞ」と戒めるわけです。非は失敗です。「失敗もおまえの若さのために至らないところが出たんだよ、くよくよするんじゃないぞ」という意味なんですね。

中年に向けての「時分の初心忘るべからず」というのは、中年になるとどんなに頑張っても年をとります。華がなくなるんですね。若い時の、立っているだけでパーッと周囲が明るくなるようなそういう華がなくなるんですね。そんな時は「華やかに見えるように工夫をしなさい」と。それが「時分の初心忘るべからず」なんですね。「もう年をとっちゃったからいいんだ」と投げやりになったら、老い込むだけですよという意味です。

最後の「老後の初心忘るべからず」は難しいんですよね。でも考えてみると優しいんです。年をとった。華をつけようにも華はない。どうにかしてつけてもかえっておかしい華になってしまいますよね。それで「老後の初心忘るべからず」というのはどういうことかというと「老醜を見せない」というアドバイスなんですね。

こうした現代にも十分通用する言葉を残した世阿弥という人は、能楽の大家だけではなくて思想家、あるいは人生の先達であったという評価があります。ここまでは私も同感です。

――世阿弥（1363～1443）＝能の大成者。現行曲の大半を自作。父観阿弥の遺訓をまとめた『花伝』など、多くの能楽芸術論を残した。

一年の締めくくりに「五知」の教え

「五知」という教えをご存じですか。そう、前にも少し触れました。

第一は「難を知る」。ボタン一つで済ませる文化の中にいると、面倒くさいことや手間のかかることを避けてしまいますね。難を避けることで、本当に難が来た時、対応の仕方や取り組み方、粘りを忘れているのではないでしょうか。あるいは、手に負えない難は、黙って頭を低くして、通り過ぎるのを待つ。難を避けるという知恵もありますね。難と直接ぶつかって「うんうん」言って、切り開いていくのも人生だけれども、「手に負えない」と思ったら上手にかわすというのも一つの人生の知恵なのかもしれません。

二番目は「時を知る」。タイミングを心得るということです。例えば、午後三時に来たお客さんに、二人前のお寿司の桶を「ここのお寿司ってとてもおいしいのよ。あなたが来たら一度食べてもらおうと思ってたの」と好意で出しても、出された人は困りますね。人にものを言う時も、タイミングが大事ですね。気分が高揚している時に暗い話をしてしまったり、落ち込んで傷付いている人に向かって「ねえねえ、昨日の映画良かったわよ」と言うと、本当に「何だろう、この人……」と思われてしまいますよね。そうやって「時を知る」技を上手に使い分けていって、成熟した人間になっていくのではないかと思います。

三番目は「足るを知る」。昔からある言葉ですよね。あるアメリカ人が調べたら、世界の思想家や哲学者や宗教者の十七人が「足るを知る」ということを説いているんですね。人間というのはよほど足るを知らないんでしょうね。満足ができない。「もっと、もっと」なんですよ。「だから文明が発達した」と言えばそうですが、その代わりに資源が少なくなり環境が壊された。今はもう人間の欲望と環境とを、どこで擦り合わせるかという時代ですが。

四番目は「退《たい》を知る」。いつ退くか。よその家にお邪魔をしていて、コーヒーやケーキをご馳走になり、そろそろ失礼する頃合いになりました。立ち上がる時に「頂き立ちで申し訳ありません」という言い方があるんですね。「食べたばかりなのにおいとまするのは心苦しいけれど」という意味を込めて。われわれ男の間では、会社の社長が辞めるとか政治家が引退する時に「引き際が良いね、あの男は」という言い方があります。逆に「いつまでしがみついているんだろう?」というのもありますね。

最後は「命《めい》を知る」。自分の運命は分からないが、どのくらいのサイズの人間かは分かると思うんですよね。それ以上のことをしてしまうと破綻するか疲れます。だから、自分が社会に何ができるか、この家庭の中で何ができるか、その命を知って完全に果たす。それで終わりではないんですね。一つ山を越すと、越すまで見えなかった山がそびえているものなんです。そしてまたその山を越していく。その連続で人間は成長していくのです。

群体の中にいながら「冷めて見る」

流行についていてどう考えますか？　個人としての人間と、群体としての人間とが、性格も行動も心理も変わってしまうことがあります。その群体を「冷《さ》めて見る」、つまりある程度距離を置いて離れることができるでしょうか。

「これは一つのブーム、流行に過ぎない。群体としての人間がつくっていく文化現象であって、いわばこれは病的な文化現象ではないだろうか。人間というのはもっと健康なはずだ。もっとバランスが取れた考え方をするはずだ」と考えられるでしょうか。

今、ＩＴブームと言われて、経済はもちろん文化や仕事までコンピュータ無しには語られないようになりました。ところが、このコンピューター文化の流れの中で、文化人類学者の中根千枝さん（東大名誉教授）は、もちろん仕事中にパソコンをお使いになるのですが、ファックスやＥメールの装置を拒否しています。

「自分には自分の勉強がある。その勉強を中心とした生活がある。その生活の連続系である私の生涯というものがある。その私の生涯の時間の中にファックスやＥメールで、だれでも簡単に土足で踏み込んでもらいたくないんです。だから私は私であるがためにＥメールもファックスも付けておりません」とおっしゃるんですよ。感激しましたね。こういう行為を「冷めた目」というのだと思います。

今のとうとうたる群体としての人間の文化から距離を持つためには、その人自身が「自立した何か」を持っていなければなりません。「自立した何か」「その人がその人あるゆえん」というものを持つ。これを「意味ある人」と呼びましょう。「意味ある人」というのは「自立した何か」を持っていることを指します。で、その人は必ず冷めた目を持っていらっしゃる。「冷めた目」というのはあらゆる現象に対して、あるいはあらゆる価値観に対して等距離であるという事ですね。

その等距離ですが、唯一距離がなくてその人が心を重ね合わせるものは他人の幸福を願う気持ちであったり、超越者に対して恐れを抱く気持ちであったり、自分自身がもっともっと高められなければならないといった質の良い向上心であったり、そういうことであると思うんですね。それらを通じて「意味ある人」になっていく。

人間ですから群体としての人間になることもありますけれど、群体の中にいながら冷めた目を持つことがとても大切だと思うんです。

「そんな難しいことができるかしら?」とお思いでしょうけど、できた人がたくさんいらっしゃるのですから、あなたにもできます。

何をしたかではなく、どう生きたか

二月四日。「この日から春」と言う人もいらっしゃいますね。節分の豆まきの声が遠くから聞こえてくる。この遠音ということ、日本人は「遠昔」とか「遠花火」とか「遠太鼓」とか、遠いということを一つの情緒にして生きてきた傾向がありますね。さて、四回にわたって明治から昭和にかけての文豪、志賀直哉さんを中心にした話をしてみたいんです。

今回は、志賀さんが珍しく怒った時の話です。江戸時代、西郷隆盛との間に話をつけて江戸城開城を決定した、あの勝海舟に対して怒ったことがあるんです。勝海舟が明治になってから赤坂の氷川町に住んで、『氷川清話』というエッセイを記していますが、これが、べらんめえ調でとても面白い。その中に二宮尊徳を評価しない発言があったんです。

それを志賀さんはピシッと取り上げ「それはいけない。勝海舟は、尊徳を一本気のど百姓として簡単に扱ってしまっている、政治以外の事は頭にない海舟としてはもっとものところもあろうが、今日になってみれば一家を再興し、三箇村を興すために十年もかかって捨て身で働いてきた尊徳が、当時の時代の一方を一人で背負っていた。そういう考え方をしなければいけないんじゃないか。勝海舟自身よりも尊徳の方がはるかに根本的な命ある仕事をしていたと思うと面白いことだ」と批判しています。

そして他のことに触れながら、また元へ戻って「時代の流れに乗って仕事をするやつは、その時に時代の流れがなければ何もしなかったかもしれないという弱みがある。尊徳は時代の流れには没交渉なやつだった。むしろ時代の流れは尊徳には合わなかった。それでも二宮尊徳は一本槍で捨て身で進んでいった。時代に普遍がある教えを身をもって残していったんだ。実に強い男である」というんです。

志賀さんのおっしゃる「時代の流れに乗って仕事をするやつは、その時に時代の流れがなければ何もしなかったかもしれないという弱みがある」。言い換えれば、「時代とか何とか言うけれども、その前に人間だろう。人間として、どんな哲学なり思想なりが背筋に通っているか、それが大切だよ」ということですね。

何をしたかではなく、どう生きたかの方が大切なのではないか。その人がどう生きてきたか、何を物差しにして生きてきたか。それを尋ねれば、この人に「このことをやっていただいていいか」「他のことをやっていただいた方がいいか」が分かるというんです。この「何をやってきたかよりもどう生きてきたか」に、いつでも着眼しているところに、志賀さんの強さがあると思うんです。

志賀直哉（1883〜1971）＝小説家。宮城県出身。「白樺派」所属。頑固な自我を持ち倫理観の鋭い作家として知られる。文体は簡潔で古典的完成度が高い。代表作は『暗夜行路』。戦後7年間熱海市に在住。

人づくり推進員の報告 1

「人づくり推進委員会」の活動状況を報告したいと思います。二年半前に静岡県で出発して、私が会長をおおせつかって、十七人の専門家に集まっていただいて「教育って何だろう?」というところから始めました。そして『意味ある人をつくるために』という題の提言書を作りました。そうしたら、「『意味ある人』って何ですか?」という質問がたくさん寄せられたんですね。とにかく、この提言書を持ってどんな小さな町村にもうかがって、人づくりのためのグループをつくっていただこう、ということになりました。推進委員会というものをつくりまして、三十二名の方に推進員になってもらったんです。

皆さん、本当によく回ってくださいました。その報告をうかがったんです。

委員の青島美子さんが受け持ちの地区に出向くと、参加者から「目立たない子をどうやって育てれば『意味ある人』になりますか?」、また、「昔は『人の見てない所でも善いことをしなさい』と教えられました。今ではボランティア活動をするとそれが内申点になると聞いてます。自己申告の善行というのもちょっと情けない感じがしますがどうでしょうか?」という質問も出ました。

「ボランティアとは何か」――まさにこれは基本的な問題ですね。例えば、東京大学の図書館は大正十二年の関東大震災の時にアメリカのロックフェラーが贈ってくれた施設です。

しかし、図書館のどこにも献上してくれた人の名前が出ていません。それが本当の贈り物なんですね。これは一種のキリスト教の慈善行為から出てるのですが、今はどうですか？　ロータリークラブでもライオンズクラブでも、ベンチなんかを贈るとキンキラキンのマークを付けてあるでしょう？　ボランティアが、内申点になってしまうんですよね。よく、昔の小説をお読みになっていると、こんな一節があるでしょう。非常に困っている人を助けてくれる。「せめてお名前だけでもお聞かせください」と言うと「いや、名乗る程の名前は持っておりません」と。ゆかしいですね。昔の美徳はどこに行ってしまったのかというわけです。

成績についても質問が出ました。今は順番がないんですね。一番で出たとか二番で出たとか。「順番がないと、かえって目標がなくなってしまうんじゃないですか？」というわけです。一種の平等主義が、あまりに流行し強調されたために、運動会も一等二等三等を決めないし、学校のクラスの中の成績も一番二番三番を決めない。「これは子どもの向上心に対してどういうふうに影響するでしょうか？」という質問が出るんですね。

私は「これはえらいこっちゃ」と思ったんです。結局、この青島さんの報告を聞いて、もう一回考え直してみようと思いました。もう一つ、人々に対する説得の語り口とでも言いましょうか。それを再考しなければいけませんね。

人づくり推進員の報告 2

「人づくり推進員」の報告を続けましょう。

石神齊委員は、細江町の子どもたちと会いました。「地域社会のお祭りが馬鹿騒ぎになっていませんか?」という質問です。確かに馬鹿騒ぎになっていたり、コマーシャリズムに利用されている傾向がありますね。「人づくり委員会」は「伝統のお神輿を担いだり山車を引っ張ったりするのもいいけれど、若い人たちに新しいお祭りをつくらせてはどうですか」と提案しています。これがどこまで実ってくるか。私は伝統のお祭りと並行して、地域の人たちが新しい地域の新しいお祭りをつくっても面白いんじゃないかという感じがするんです。

静岡にお住まいの西谷祐一委員が、地域の人を四つくらいのグループに分けて三十分の提言の話し合いをしてもらった。「結局二時間もみなさんでお話し合いをしてくださった」と言うんですよね。だけどこれもまた本当にどういうふうに意見をまとめていいか、大変悩んだという報告があるんです。それ程重い問題を、いつも皆さん方が、静岡県にお住まいでいながら抱えていらっしゃるということなんでしょうね。

佐藤洋之委員が、とてもいいことをおっしゃいました。「家庭で子どもを教育するということは、人間としてのしつけ糸をつけることだ」と。「しつけ糸がしっかりしないと学校でも社会でも一着の着物が縫えませんよ」。それに対して参加者の皆さんも「なるほど」とうなずいてくださったということです。

芝晴美委員は養護学校へ行ってくださいました。「子どもたちが地域で生きるにはどうしたらいいか。それを考えてほしい。もっといろいろな意見がほしい」という意見が出ます。つまり生きるためのソフトがほしいということですね。それから、「養護学校に通って、身体障害のある方を支えていくボランティアの養成所というものも同時並行的に新しい教育システムの中でつくっていく必要があるんじゃないか」というような声が出るんですね。

「人づくり委員会」をやってみてよかったと思うのは、みんなが問題を共有しているということを実感できたことです。同じ問題を共有しているということは、とっても大切なんですね。電車に乗り合わせて対面して座っていても、ちょっと知らん顔をしている。だけど実は、胸の内では同じ悩みを抱えているんですよね。子どもについての悩みであったり、亭主が暴力を奮うことの悩みであったり、あるいは「自分はこれから新しい人生を始めようと思うけどどうしようか……」という悩みであったりするんだと思うんです。

みんなが、殊に家庭とか学校とか社会での若い人たちの振る舞いとか、そういうものについて同じ問題意識を持っているということ。ここまで来たら、私は、日本の解決力はつよくなるんじゃないかと思うんですね。

『意味ある人』を体現した、素晴らしい人

『意味ある人』を体現した、素晴らしい歌人をご紹介したいと思います。

昭和四年生まれの歌人、鳥海明子さんという方です。山形県の鳥海山の山麓に十一人兄弟の長女として生まれました。農業実習の農園で働いている時に、長野県の歌人の歌をラジオで聴き、「私の気持ちと同じだ。これだったらおらにもできる」と思って勉強します。暇を見て人に本を借りたり図書館に行ったりして、与謝野晶子と石川啄木に憧れるんですね。農園にいたのでは歌の世界に生きることはできないと考え、父親に「家を出たい」と言うと、お父さんは返事をしません。父親との間に十日間の無言戦争をして、とうとう夜密かに家出をしてしまいます。この日、三月一日を「家出記念日」と名付けているんですね。

「忍従の　角度に誰も　背を曲げて　吹雪の中の　野道を生きぬ」「石垣の　石の一つが母に似て　見つめていると　自分でもある」……こういう歌をお作りになっています。

東京に出て養護施設の洗濯婦になり、二十三歳年上の男性と結婚します。自身が継母に育てられ、そのお母さんが実によくしてくれた。あんまり素敵な継母なので「私もあんな継母になりたい」と、五人の子連れの男性と平気で結婚してしまうんです。ご自分は養護施設の洗濯婦として二十六年間も働くんです。いよいよ退職の年齢がきて「さあ、これから」という時に糖尿病であることが分かります。

もう目の前は真っ暗です。身を粉にして働いてきて、五人の継子に対しても、自分が恩を受けた継母以上の継母になったつもりでやってきた。そろそろ人生の幕が下りる時に神様がくださったのが糖尿病なんですね。自殺を考えます。その時の歌がすごいんです。「謝りたい　詫びたい人の　居る故に　今死ぬことは　許されない」という。結局、それで頑張るのですが、何が支えになったかというと「故郷と貧乏と子ども。この三つが私を支えてくれた」と彼女は言います。だから「糖尿病になっても、それも考えてみれば貧乏の中に入ってしまう。この糖尿病と戦って、勝とうとする意志が自分の命を支えてくれたんだ」と思うんですね。

糖尿病は食事療法が大変ですね。入院すると、長男が計量カップと計量スプーンを買ってきます。「お母さん、買ってきたよ。この通りにやるんだよ」と言って枕元に置くんですね。「ありがとうね」と言うと、この長男がいい長男で「一人だと思うなよ。一人だと思うから死が怖いんだ」と言って帰っていくというんですよ。こういう長男を育てた母親の背中というのが、あるように思います。

鳥海さんは、歌を作るために洗濯婦を二十六年間やってきて、結局、女流歌人として成功してしまうんです。自分で歩いた跡がそのまま道になってしまうんですね。これが『意味ある人』ということなんです。何も難しいことではないんですね。

『意味ある人』になりにくい状況

「『意味ある人』ってなんですか？」という質問をたくさんいただきます。素晴らしい研究をしているとか、多くの人を救ったとか、そういう風にお取りになっている方が多いのですが、平凡な人にも「意味ある人」「意味ある暮らし」をしている方がいらっしゃるんですよ。

実は、河井寛次郎さんという著名な陶芸家が「道を歩く人。歩いた跡が道になる人」という言葉を残しています。河井さんは日本の民芸運動を始められた方の一人ですが「他人が既につけた道を間違いないように歩いて行く人がいる。一方、自分の発想、理念、理想を実現したいがために、少しは貧乏をしても、女房子どもを泣かせても、歩いているうちに見事にその人の歩いた跡が道になる人。それが本物だ」とおしゃっています。

「意味のある人」とは、道を歩く人。もう既に大道になっている道を上手に歩いて行く人ではなくて、歩いて行った跡が道になる人。そういう人を目指しています。ところが、今なかなか「意味ある人」になりにくい状況があるのです。

戦前まで、鹿児島県には若衆宿というものがあって、十七、八歳の成年が先輩になって宿の長になり十二、三歳までの男の子を集めて、読み書きそろばんを教えたり、ご飯の食べ方や礼儀作法、女性の口説き方まで教えたりして、いわゆる一人前の男に育てました。鹿児島県だけではなくて、名前が違うだけで日本の各地にもありました。その中で上下関係とか規律とか秩序というものを教え、生きる方法というものを教えたんですね。

しかし、戦後は上下関係、秩序、規律といったものがなくなってしまった。脳の発達の面でも暗記ばかりになってしまいました。さらに、家庭の中に生まれた三つの囲み――一つは母親の過保護の囲み、二つ目は子どもの頃から個室に入れるという壁の囲み、三番目は進学塾のような囲み、の中で子どもが育つようになった。ということは、異質の人と交わる、人間関係を多様に結ぶという習慣がなくなったということですね。大人になって社会に出ても異質の情報への処し方を知らないんです。ですから、人間関係をなんとかして厚い社会にしなくてはいけない。幼児成熟、いわゆる子どもの形をした大人。こうした現象がたくさん出てしまった社会を早く直したいなと思います。

私事で恐縮ですが、社会党の代議士だった加藤シヅエさんから寒中見舞いを頂戴したんです。今、百四歳です。その文章の明晰なこと。「今の日本は進歩と無気力が同居しています。だけど本当に無気力だろうか。人々がささやかなことに込められている感動的な話や振る舞いについて知らないからじゃないか。その感動を呼び起こすことによって、日本は進歩の芽を育てていくことができるんじゃないか」という内容です。その文面を思い出しながら、人づくり推進委員会の報告会に身を置いて「静岡県は行けるぞ！」という感を強くしました。

出版に寄せて

このたび、静岡新聞社から新書版『午前8時のメッセージ ⑨⑨話』（草柳大蔵著）が刊行されましたことを心からお慶び申し上げます。

次代を担う子どもたちが、自らの可能性を発揮し、生き生きとたくましく活躍していくためには、子どもたちが安心して活動でき、希望を持って生きていける社会を築き上げていくことが大切です。

そのためには、子どものしつけや教育の問題を、政治が悪い、教育制度が悪い、社会の仕組みが悪いと責任をなすりつけあうのではなく、皆の問題として捉え直し、家庭の中でのきちんとした挨拶や地域社会の教育力の復活など、具体的な方法で人づくりに取り組んでいかなければなりません。

静岡県では、平成十年七月に故草柳大蔵先生を会長とする「人づくり百年の計委員会」を設け、全国に先駆けて、「二十一世紀を担う人づくりをどのように進めたらよいか」を、直接県民の皆さまから御意見を伺いながら、委員会で討議を重ねていただき、平成十一年十月に「意味ある人をつくるために」と題した提言をいただきました。

この提言を本県の「人づくり」の根本理念として位置付け、総合計画「魅力ある〝しずおか〟二〇一〇年戦略プラン」の中でも「人づくり」を重要な柱とし、提言の精神を県の事業に反映しているところです。

本書は、既に発行されている『午前8時のメッセージ（正・続）』から、九十九話が選ばれ、新書版として一冊にまとめられています。静岡県ならではの「人づくり」を皆さんとともに、地域、学校、家庭など、身近なところから、また、できることから始めていけるようにと、先生が残してくださったメッセージの数々であります。

草柳先生が亡くなられて七年が経とうとしていますが、本書に込められた先生のメッセージは、今でも私たちにさまざまな問いを投げ掛け、また多くの答えに導いてくださいます。

先生は、「静岡県では、どこの町も、どこの村もしょっちゅう〝人づくり〟の話をしているよ」という噂が全国に広まり、日本中から「人づくり・静岡ソフト」を求めて、人々が静岡県にやってくることを願っておられました。委員会設置から十年が経ちましたが、先生が本県に残していただいた精神を改めて認識し、皆さまが「人づくり」に取り組んでいくための座右の書として御活用いただけるものと確信しております。

平成二十一年三月

静岡県知事　石川　嘉延

草柳　大蔵（くさやなぎ　だいぞう）
１９２４年生まれ。神奈川県出身。東京大学法学部政治学科卒。雑誌編集者、新聞記者を経て、執筆活動に入る。政治、経済、社会等の評論をはじめ、人物論、女性論、芸術論など多彩な活動で知られる。平成１０年から２年にわたって「静岡県人づくり百年の計委員会」会長。２００２年７月２２日逝去。享年７８歳。『実力者の条件』『実録満鉄調査部』『斎藤隆夫かく戦えり』など著書多数。

午前8時のメッセージ⑲話
～意味ある人をつくるために～

静新新書　030

2009年3月14日初版発行

著　者／草柳　大蔵
発行者／松井　　純
発行所／静岡新聞社
〒422-8033　静岡市駿河区登呂3-1-1
電話　054-284-1666

印刷・製本　図書印刷
・定価はカバーに表示してあります
・落丁本、乱丁本はお取替えいたします

ISBN978-4-7838-0353-9 C1295